Quién quiere ser madre

Silvia Nanclares

Quién quiere ser madre

ALFAGUARA

El papel utilizado para la impresión de este libro ha sido fabricado a partir de madera procedente de bosques y plantaciones gestionadas con los más altos estándares ambientales, garantizando una explotación de los recursos sostenible con el medio ambiente y beneficiosa para las personas. Por este motivo, Greenpeace acredita que este libro cumple los requisitos ambientales y sociales necesarios para ser considerado un libro «amigo de los bosques». El proyecto «Libros amigos de los bosques» promueve la conservación y el uso sostenible de los bosques, en especial de los Bosques Primarios, los últimos bosques vírgenes del planeta.

Papel certificado por el Forest Stewardship Council®

Primera edición: marzo de 2017
Primera reimpresión: abril de 2017

© 2017, Silvia Nanclares
© 2017, Penguin Random House Grupo Editorial, S. A. U.
Travessera de Gràcia, 47-49. 08021 Barcelona

© Diseño: Penguin Random House Grupo Editorial, inspirado en un diseño original de Enric Satué

Printed in Spain – Impreso en España

ISBN: 978-84-204-3024-9
Depósito legal: B-431-2017

Maquetación: MT Color & Diseño, S. L.

Impreso en Unigraf, Móstoles (Madrid)

AL30249

Penguin
Random House
Grupo Editorial

A mi padre

Ser madre es una de las cosas que una mujer puede escoger, igual que ser escritora. Es un privilegio. No es una obligación, ni un destino.

URSULA K. LE GUIN

Con su muerte aprendí algo que en la filosofía no había sabido leer o comprender. Que nuestra finitud, la humana, no es nuestra mortalidad. Que no somos finitos cuando morimos, sino cuando nos sentimos impotentes y arrastrados por la inercia de lo que no queremos vivir.

MARINA GARCÉS

1. Los hijos de las demás

Dicen que detrás de toda mujer sin hijos hay una historia. ¿También detrás de las que los tienen la hay?

Sonia, por ejemplo, casi no se enteró, y de golpe estaba tocando la cabeza de Simón.

Laura lo tuvo en casa, en una piscina hinchable, a las pocas horas de romper aguas durante un ensayo con el coro en el que cantaba.

A Gloria le rajaron longitudinalmente el perineo en un hospital público.

Celia no recibió un solo punto en la privada.

Lidia acabó en cesárea, entre lágrimas. Bárbara también. Ambas se morían por un parto vaginal.

Lorena entró en crisis al percatarse de que no había un plan B y de que aquello, su hijo, tendría que salir de alguna manera.

Ana tuvo una, y después dos cesáreas programadas.

Natalia, después del primer retraso, se esforzó por recordar el nombre de aquel desconocido con el que tampoco, mierda, recordaba haber usado condón. Lucas tiene hoy siete años.

Alba le preguntó a la matrona que le atendió en casa si ya estaba de parto. Ella contestó, riendo, que ya lo sabría cuando llegara el momento. Sin duda, lo supo.

Carolina se asustó de sus propios bramidos durante el parto, como si los produjera otra persona.

Helena tuvo un parto eterno.

Tania le pedía a su hermano que le trajera comida a escondidas.

Sara tuvo a Lena, una niña de once años, en acogida, antes de empezar el largo proceso de la adopción.

Inés, con la tercera, rompió aguas por la noche y se acostó; sabía que hasta la mañana siguiente eso no estaría ni para empezar.

Paula dice que ni de coña, que ella es *extincionista*.

Cruz no lo expresa en esos términos pero dice que tampoco, que no está interesada en reproducirse.

Olga cuenta que en la sala de dilatación una mujer china gritaba señalándose la barriga: «¡Cuchillo, cuchillo!».

Nora vino con dos vueltas de cordón. Y aun así, vaginal. Milagro.

Julio venía de culo.

A Victoria se le infectaron los puntos.

Bibiana y sus amigos se bebieron la placenta en un batido.

A Andrea, los mellizos le causaron una distensión crónica en los abdominales.

Ari no quiso dar de mamar para no estropearse las tetas. Pepa también pidió las pastillas, para desaprobación general y cuchicheo en la planta de neonatos.

Pero esta historia no empieza con todas mis amigas y sus historias de maternidad y no maternidad. Empieza mucho antes. Empieza conmigo conmocionada viendo un parto en una escena de *Barrio Sésamo*, sola frente al televisor. Cómo lloraba, incontenible. El deseo se materializó en casa de mis padres igual que el bebé que salía del cuerpo de la madre del parto televisado. A partir de ese recuerdo, durante años deduje que lo que quería era ser matrona.

Errónea conclusión.

No, lo que quería era un bebé. Conmigo. Ya. A los siete años. Así empecé a juntarme con todos los críos que había a mi alcance y a agobiar a mis primos pequeños para cumplir mis fantasías precoces de maternidad. Los adultos, con mi madre a la cabeza, me empezaron a apodar la Pediatra.

La ambivalencia hacia la maternidad llegaría mucho después.

Hubo un tiempo, ya casi puedo decir una época, no sé, los dos mil se me apelotonan con todos sus ceros en la memoria como una masa informe—, en que tenía un álbum en Facebook titulado «Los ladrones de amigas». Desde que cumplí los treinta, algunas de ellas empezaron a abandonar nuestra zona de amor comunal para atender y amar a unas criaturas que reclamaban toda su atención. Sentía celos. Tener amigas madres fue toda una revolución en nuestro ecosistema.

A aquella serie iba subiendo las fotos de sus hijos. Algunas llegaron incluso a anunciarme por entonces sus embarazos diciéndome: «Pronto vas a tener que añadir un nuevo ladrón al álbum». Cuando la galería estaba bien nutrida, la eliminé: no me daba la gana de seguir regalándole los derechos de imagen de unas personitas a Mark Zuckerberg. O quizá fue entonces cuando empezó a parecerme que, o me espabilaba, o hasta a mí iba a dejar de hacerme gracia la impostura de reírme de las madres que nacían a mi alrededor.

Tengo amigas con hijas de catorce, con hijos de siete, con hijos de cuatro, con niñas recién nacidas, y muchas amigas sin hijos.

Ahora busco fechas mientras sumo y resto edades de madres e hijos. Alicia tuvo a Tomás con cuarenta y uno. Mi abuela Teresa, el último, con cuarenta y dos. Julianna Margulies, la actriz de *The Good Wife,* también: cuarenta y dos. Elvira tuvo a Aitor, el primero, con cuarenta y tres, después de haber asumido que probablemente ya no sería madre. Renata Adler, con cuarenta y seis, el primero y único.

Estoy dentro de una historia hecha de historias y necesito referentes. Mi futurible embarazo, mi acuciante *Kin-*

derwunsch —solo la lengua alemana podía tener la palabra perfecta: *Kinderwunsch,* deseo de tener hijos, búsqueda de bebé—, mi posible parto, se inserta indefectiblemente en ese hilo previo de las historias de fertilidad y descendencia que me rodean. Quiero creer ahora en este rosario de posibilidades, más que en la ciencia y en la tecnología reproductiva. Más que en el fatalismo edadista del ginecólogo que me mira de soslayo por encima de la receta. Ahora. Rezo. Y lo hago de la única manera que sé: escribiendo.

2. Lo que importa

El día más frío que recuerda la humanidad. Mi humanidad.

Estamos frente al cristal de la sala del tanatorio. La sala es amplia y está llena de gente. En una esquina, estratégicamente dispuesto, en una estancia aparte, como si fuera preciso disponer de una separación entre nuestras conversaciones y su estatismo fatal; en una especie de rincón laico para rezar, separado por un cristal, está él. Le recuerdo a mi madre que mi padre está sin camisa, que no lleva camisa, que los del SUMMA se la quitaron para la reanimación y que se ha quedado así. Descamisado. En casa había intentado darles una a los operarios de la funeraria que vinieron a «retirar» el cuerpo.

Ellos me tranquilizaron, me dijeron que «allí» le pondrían una gasa. Que lo envolverían con una gasa. Un sudario, pensé. Un capullo. Pero para no volar. Yo quería darles una de sus camisas bonitas. A cuadritos, a rayas, mil rayas, papel milimetrado. Toda su gama, todos sus colores, ¿dónde están ahora? Sus puños abrochados, sus muñecas finas, morenas, sus manos.

Mi madre y yo frente al cristal:

—Mamá, no lleva camisa. ¿No crees que deberíamos ponerle una?

—Si a él eso ya le da igual, hija.

No le importa. Ya no está. Hija. Una certeza rotunda.

A mí sí me importa, pero asumo que ella tiene más derecho que yo sobre este cuerpo, y una capacidad casi clarividente para saber lo que mi padre quiere o no. No quiero violentar la situación. Pero ese detalle se me quedará como una cicatriz en la memoria: papá se ha ido sin camisa.

Mi madre me trae de nuevo al mundo de los quehaceres y deseos de los vivos:

—Ahora sí que te voy a poder echar una mano cuando tengas un hijo. Voy a tener todo el tiempo del mundo...

El ataúd está cerrado, de tan espartano casi parece soviético. A su lado solo hay una corona, del Real Madrid C. F. para más señas. Todo está lleno de detalles grotescos y conmovedores.

Nuestros cuerpos al otro lado parecen de mantequilla, fundiéndose, temblorosos, encogidos, helados. Pero están. Somos.

El tiempo entre mi padre y yo se ha terminado. Entre mi padre y mi madre. Entre mi padre y el mundo. Con rotundidad. Así nos golpea la falta de un cuerpo. Una historia clausurada. Algo inexorable en nuestro mundo de opciones aparentemente reversibles.

Detrás, en un horrendo sillón de escay marrón, está mi hermano Andrés, el mayor. Demudado. Y nunca pensé que fuera a utilizar esta expresión para referirme a él. A su lado está Carolina, su mujer. Parece hoy mucho más pequeña, su pelo recogido, su cara sin maquillaje, su dolor sincero. Y mi hermano mediano de pie junto al sofá, Félix; también su tamaño parece redefinido, como si su propia altura fuera lo único que pudiera sostenerle del derrumbe total.

En otro rincón de la sala asignada, aprovecho un momento de intimidad con mis dos primas mayores. Todo lo que digo suena como si mi cabeza estuviera metida en una campana de cristal. Escucho mi propia voz como si viniera de lejos pero al mismo tiempo estuviera amplificada.

—Primas, ¿vosotras a qué edad os quedasteis embarazadas?

—Yo con treinta y nueve —dice Pepa.

—Yo con cuarenta —dice Clara.

—Él ya no va a conocer a mis hijos. ¿Vosotras creéis que yo también podré quedarme? Valentina es un nombre muy bonito para una niña, ¿verdad? Y Valentín también.

—Precioso. Pero no pienses en eso ahora, bonita —Clara me pasa otro clínex. Pepa no deja de retorcer sus manos con las mías. Es un gesto de las mujeres de mi familia que sirve para expresar que están contigo. Lo había olvidado.

Y sin embargo sí pienso en eso. De una manera infantil, lo sé. Si he acompañado a mi padre en su muerte, la vida me debe otra vida.

No estamos en una saga vikinga donde los cuerpos son ofrecidos y dados en sacrificio a la deidad.

Estamos en la segunda década del siglo XXI, en la ciudad de Madrid, y estoy a punto de cumplir cuarenta años. Aun así, me lo merezco.

3. Me gusta tu vida

Antes de la pérdida y de la certeza, mucho antes, hubo otro día fundacional. Bueno, no tanto antes. En esta historia el tiempo apremia y los cuerpos decaen. Y, a veces, lo que importa de verdad no son los acontecimientos ni las decisiones, sino lo que viene después.

Está diluviando, pero mi madre y yo tomamos un menú a resguardo en un bar de la calle Sáinz de Baranda, enfrente del hospital donde está ingresado mi padre. El barrio nos es familiar. Conocemos tramo a tramo sus bulevares, nuestro antiguo instituto está a dos calles y la casa de mis padres en una avenida algo más arriba. El cacharreo estruendoso —nuestra mesa está cerca de la cocina— y el ir y venir de los camareros gritones nos permite crear enseguida un espacio de intimidad. Mi madre lleva la ropa cómoda que las largas estancias en el hospital le obligan a ponerse, una camisa a cuadros, juvenil e impecable, por no hablar de su maquillaje, su peinado y su manicura. Ella siempre ha tenido un cuarto de baño propio. Su propio *aleph* de producción cosmética. Allí se esforzó por enseñarme la importancia crucial de la máscara de pestañas, la cera depilatoria, el uso de pinzas, secador, base de maquillaje. Yo traté de aprender, pero me fascinaba más la persona que entraba que la persona que salía de la sala de posproducción. Así que aprendí a dibujarla mientras se arreglaba. Y a entretenerme. Luego caminábamos juntas hacia el metro, ella con las palmas de las manos boca arriba y estiradas y el metrobús entre los dedos mientras se le secaba el esmalte de uñas. Yo, leyendo en el vagón con la mochila a la espalda y el dibujo entre las páginas del libro.

Mi madre no es una madre excesivamente maternal, valga la contradicción, así como tampoco fue nunca miedosa. Mi madre es bastante crítica y poco dada al sentimentalismo. Me enseñó a desapegarme, a tomar el mundo como mío, como de cualquiera, a saltarme algunas normas, también a añorar en ocasiones los regazos de las madres sobreprotectoras. El amor de mi madre no es una vacuna, pero sí es un modo de permanencia en medio de mi habitual estado de dispersión, un ancla.

Con el primer plato, le cuento que he conocido a «alguien». Alguien es joven. Más joven. Mi madre dice que muy bien. Que los hombres mayores, es decir, de mi edad, ya están maleados. Que vienen de vuelta. Mira tus hermanos. Ya tienen hijos, no se meten en líos. Paso por alto la idea de que mi madre me vea como «un lío». Entro al trapo:

—¿Sabes qué, mamá? Creo que quiero tener hijos solo para que papá y tú me queráis más —la frase denota una trayectoria implícita de más de quince años en el diván feminista—. No sé, como si hasta el momento en que no tenga un bebé, no fuera a ser una hija completa...

—Anda..., eso está ya más pasado que qué. Eso era en mi época —mi madre cree que los mandatos de género son tan efímeros como la moda.

—En serio.

—Pues, hija, yo te voy a decir una cosa: con la vida que tú tienes, yo, si fuera tú, pasaba de tener un hijo.

—Pero cuando Andrés tuvo a Sara te pusiste feliz. Y con Félix y... Se te cae la baba con ellos. ¿No te gustaría ser abuela de uno mío?

—Vaya, claro, pero es que tener un hijo es una renuncia completa —mi madre concibe la crianza como una tarea que recae especialmente sobre uno de los miembros de la pareja, es decir, la madre—. Además, no es lo mismo tener un hijo a los veinte, veinticinco, treinta si me apuras, que ahora, como tú, con treinta y muchos. Y piensa que yo no te lo voy a poder cuidar, con la que tengo encima con tu padre...

La manzana preparada que incluye el menú como postre se me hace bola. Mi madre, sesenta y siete años, curtida a diario con el deterioro de mi padre y de su propio cuerpo, está aquí, apretando la minúscula taza del café cortado y confrontándome con mi propia edad como si tal cosa. Me recuerda a Blanca, una amiga que, unos años atrás, mientras me contaba lo mal que su hijo adolescente se lo estaba haciendo pasar, me miró de pronto de un modo parecido. «Yo hace nada era como tú. Y un día, pim-pam-pum, de pronto tienes cuarenta y pico. Y no te has enterado», me dijo.

Puede que esa sea también la misma mirada que yo he empezado a echar recientemente a las mujeres más jóvenes, y sobre todo a las madres jóvenes. Ese día, yo respondí con condescendencia al vértigo que me transmitía Blanca; no me parecía de recibo que una feminista como ella se preocupara por los mandatos edadistas, que se plegara a esos miedos inveterados y opresivos.

Blanca. Hace ya años que no la veo. Casi desde aquella sentencia. Y han pasado ya esos pocos años que cambian la calidad de todo. La textura del tiempo. En nada voy a tener cuarenta y pico, como ella entonces. Miro mis manos, me parecen más venosas de repente. Las escondo debajo de la mesa con mantel de paño.

—Es que a mí me encanta tu vida, hija.

Mis oídos amasan esa frase, transformada en música para cuarteto de cuerda y soprano. O puro *techno* liberador de serotonina.

La camarera trae la cuenta y, una vez más, dando por hecho el hecho, paga mi madre. Se crea un silencio entre nosotras, protegido por el trajín en sordina que no deja de emitir el bar.

«Es que a mí me encanta tu vida.»

Creo que a partir de este momento mi eterna deuda, pecuniaria y moral, con toda la recua de terapeutas de los que he sido clienta, no va a dejar de descender. Es como si

20

las tres campanitas del Jackpot de las máquinas tragaperras se hubieran alineado para concederme el premio y gritar el molesto: «¡Avance! ¡Avance!». Una de las principales compuertas de la presión social, la de la familia nuclear, la de la *madre,* se acaba de abrir silenciosamente. Estamos en paz. Respiro.

También leo entre líneas, junto al aire fresco de la descompresión, un runrún ácido, algo que mi madre también quisiera comunicarme: «No tengas los hijos de cualquier manera», que es otro modo de decir «como yo». Sin necesidad de haber leído a Simone de Beauvoir, mi madre ha aprendido que las condiciones matcriales pueden y deben cuestionar los mandatos femeninos de la reproducción, con su sacrificio y su sublimación, esos ítems que parecen venir por defecto en el *pack* mujer.

—Me vuelvo, que papá ya estará aburrido en la habitación —dice muy resuelta después de apurar su vaso de agua.

Yo bebo lo que queda en el mío casi por inercia, como en un espejo.

—Ahora, que si te vas a poner, ponte ya, que no estamos en esta familia para perder el tiempo.

No sé si se refiere a mí o a mi padre. O a ella.

Bien, respira, Silvia, busca a conciencia el paraguas en el paragüero. Los niveles de presión nunca descienden sin reflujos. Concéntrate en ponerte la mochila sobre los hombros. Con mamá nada puede resolverse de un plumazo.

—¿Eh, guapa? —insiste en la puerta terminando de colocarse la chaqueta y el bolso, intuyendo que ha hecho el comentario inapropiado en el último momento.

Me da un pellizco en la mejilla y un beso antes de darse la vuelta en la dirección opuesta a la mía. La miro irse por el bulevar y me entra esa pena que me agarra cada vez que la veo alejarse con el hospital de fondo.

Ella no es de las que se dan la vuelta para saludar por última vez. Ella siempre mira hacia delante.

Ha escampado y decido volver andando, a pesar de llegar tarde.

Cruzo el Retiro lentamente, disfrutando del ambiente renovado por la lluvia y dando gracias a mis hermanos por haber tenido hijas y haberle quitado a mi madre con tanta eficacia el mono de ser abuela.

Llego tarde porque voy camino de una de mis primeras citas con Gabi.

4. El mensajero

La vida que le encantaba a mi madre era en parte esa: la vida de salir y viajar con mis amigas, la vida de la no dependencia, la de poder subir y bajar, hacer y deshacer, vivir sola, estar abierta a la vida, en sus palabras: «Poder apuntarte a un bombardeo», no tener en tu haber «cargas», esa expresión tan odiosa. Eso que tanto valoran en las entrevistas de trabajo.

«Lo primero tu gozo, tu realización.» Mi madre era el componente hedonista del binomio padres. Donde mi padre jugaba el papel de abanderado de la cultura del esfuerzo y la austeridad, ella asumía el de entusiasta corredora de apuestas vitales. Lo que no sabe mi madre es que no depender ni que nadie dependa de ti también significa, de alguna manera, no pertenecer.

Hoy hemos vuelto a quedar para comer juntas, esta vez en la cafetería del hospital, mientras a mi padre le hacen la enésima prueba. Aquí absolutamente todo está envuelto en plástico, salvo unos donuts secos que reinan sobre la fresquera de una barra vacía mientras les asiste el cortejo de una mosca. El zumbido de las cámaras y la cara mustia de la cajera enturbian nuestra conversación. Estas paredes parecen haber absorbido toda la tristeza de este hospital sin maternidad, la única planta de las clínicas donde la gente ríe sin culpa. La textura correosa de las ensaladas individuales que nos estamos terminando como si tal cosa me ayuda a calibrar la importancia de la prueba que le están haciendo a mi padre.

—Esa vida de independencia extrema, hoy aquí mañana allá, también conlleva mucha soledad, mamá. ¡Tú a mi edad ya tenías hijos adolescentes!

—Bueno, claro, no hice más que seguir los dictados de mi época. No todos, ¿eh? —le encanta recordarme que también supo transgredir—. Recuerdo esos años felices: éramos aún jóvenes y vosotros ya estabais creciditos. Fue cuando pudimos empezar a hacer viajes solos por primera vez...

A este paso, cuando mis hijos estén «creciditos», yo tendré cerca de sesenta años.

Pero en esa vida mía tan deseable a ojos de mi madre, esa vida de juventud estirada y enredada sobre sí misma como un algodón de azúcar, faltan ahora pilares, todo hace aguas. De repente, me sorprendo a mí misma frisando los cuarenta y envidiando la determinación de todas sus elecciones.

—¿Yo qué tengo? Una casa enana, vieja y heredada, amigas, trabajos inestables y demasiados intereses contradictorios...

—Pues mucho más de lo que mucha gente puede decir, hija. Y tienes una vocación.

No sé si se refiere a la maternidad o a la escritura.

—Y la casa no es heredada, la compraste tú.

—Con vuestro dinero, mamá.

—Y con tus ingresos has pagado las letras todos estos años, no seas así.

Al ir a chequear el móvil por octava vez en lo que va de conversación, me encuentro algo en el bolso que Gabi me ha dado esta mañana antes de despedirnos.

—¿Lo volverías a hacer? —continúa mi madre.

—¿El qué? ¿Firmar una hipoteca?

Saco el trozo de *brownie* envuelto en papel de aluminio y con todo descaro lo desenvuelvo en la mesa de formica azul de la cafetería. La cajera ni se inmuta.

—Pues esperar tanto para decidir si quieres o no tener un hijo...

Veo los labios de mi madre en primer plano, colocados en forma de O, pronunciando «hi-jo» mientras estrangula un azucarillo con sus impecables uñas color marrón glacé. Paso de fijarme en el azucarillo y la laca de uñas a concentrarme en estirar bien el papel de aluminio. Todo mejor que contestar. Mi madre, que sabe de mi nula capacidad o interés para la cocina o la repostería, pone cara de no entender de dónde ha salido este capricho.

—Lo ha hecho Gabi.

«Alguien» se ha convertido en Gabi en cuestión de semanas.

—Venga ya. Está buenísimo.

—Lo está.

Un mensaje del médico avisándonos del fin de la prueba nos obliga a dejar las risas y el pecado de chocolate a medias, pagar precipitadamente y subir a la planta de nuevo.

No me da tiempo a contarle a mi madre que, no sé si rindiéndome a la atávica presión que ejerce la ecuación «mujer sin pareja», o más bien cansada de todos los efervescentes charlatanes con los que he reincidido una y otra vez sin apenas solución de continuidad, cada vez veo más claro que voy a tener algo con Gabi.

Gabriel. Alguien que solo podía ser mensajero de buenas noticias.

5. Las pasitas

Estoy en la puerta de la Filmoteca esperando a Mara y a Estrella. Mi manía con la puntualidad consigue exasperarme mientras dura el compás de espera a mis amigas. Como no lleguen ya vamos a perder la sesión, porque saben que yo me niego a entrar en la sala con la película empezada. Y entonces pagarán ellas las cañas. Antes íbamos mucho a los Golem o a los Ideal. El cine se ha encarecido en estos años y nuestros sueldos han bajado. Ahora, para ver las películas, tratamos de colarnos en los pases de prensa o tiramos de los ciclos de la Filmoteca y los documentales en la Cineteca.

Estrella y Mara son amigas mías de hace tiempo, esas personas con las que creces, creces y un día te das cuenta de que te has hecho mayor. En la facultad nos llamaban Las Tres Hermanas, porque montamos un grupo de teatro para representar a Chéjov, y porque nos perdía el vodka. Estrella, con sus gafas de pasta prendidas casi orgánicamente sobre los sobresalientes pómulos, su cuerpo espigado y fibroso y sus mechones de color mudables y casi mutantes, como un penacho que avisara de que ahí, sobre esa cabeza, cuidado que algo arde. Su pose de huraña emocional, que se deshace cuando es preciso, contrasta con la calidez de Mara. De cuerpo pequeño y personalidad volcánica, pasos firmes embutidos en esos botines de tacón cubano que pareciera llevar desde que nació, coleta pelirroja y ceño arqueado, como si estuviera buscando siempre algo más allá de lo que tiene delante. En medio de las dos, yo, con mi carácter influenciable y mi melena morena y rizada, mi estatura media, mi cara ni fea ni guapa, mi risa

26

estruendosa, me he visto siempre obligada a hacer equilibrios en el triángulo isósceles que sostiene nuestra amistad y nuestras vidas. Somos muy distintas pero compartimos cosas importantes que parecen inmunes al tiempo, a pesar de las broncas, malentendidos y distanciamientos que hemos experimentado en estos, ¡dios!, más de veinte años. Desde antes de que la Filmoteca se viera asolada por la plaga de chinches. No siempre hemos estado igual de unidas, ha habido épocas en que ni siquiera hemos permanecido en contacto, pero cuando llegó la plaga de los ladrones de amigas a nuestras vidas nos reencontramos en la zona de las no-madres, nuestras reuniones esporádicas se volvieron a activar y comprobamos que, pese a la distancia, nuestro samovar seguía prendido.

Veo a Mara llegando por la calle Santa Isabel mientras entra el consabido mensaje de Estrella avisando de que un montón de imprevistos la han asediado y le impedirán llegar a tiempo. Mara y yo decidimos entrar antes de que empiece la sesión y yo me cabree del todo. Estrella irrumpe quince minutos después, tanteando en la oscuridad y molestando a algún espectador todavía más purista que yo. A contraluz, constatamos que se ha vuelto a cortar el pelo.

Las pasitas. Así llama Estrella a nuestros ovarios haciéndose mayores, contrayéndose, secándose. Desde hace un par de años, mi regla ha cambiado, es menos abundante y tiene otros colores y texturas. Supongo que ese es el vino de la uva pasa. Regla moscatel. ¿Nos reímos? Nos solíamos reír. Por lo menos, lo hacíamos unos años atrás, cuando las tres acabábamos de cruzar el ecuador de los treinta y cinco. Acabábamos de ver en esa misma sala *17 filles,* una película francesa que narra un caso real en Estados Unidos: diecisiete adolescentes se ponen de acuerdo para quedarse embarazadas a mismo tiempo. Aquel día, en la tertulia que prosiguió a la película, nuestras respuestas al interrogante «¿quién quiere ser madre?» se pusieron sobre la mesa.

—Podemos alquilar un piso juntas, o dos pisos en la misma escalera —propuse yo, anticipando el tema del cuidado, de la crianza...

—Iremos a una de esas clínicas a que nos den lo nuestro —siguió Mara.

—¿Y si mejor algún amigo majo nos eyacula en un bote de muestras? —yo trataba de minimizar los daños; nuestros trabajos inestables tampoco darían para mucho.

Vale, ya estaba dicho. Mara y yo andábamos sin pareja estable y las dos queríamos activar antes o después el plan «tener hijos». Estrella guardaba silencio, como si la cosa no fuera con ella.

—Yo quiero tener hijos, pero todo lo que conlleva ser madre me resulta una losa —Estrella jugaba fuerte, como siempre, reventando los axiomas.

—Uf, yo lo de los amigos no lo veo —Mara prefería el anonimato del banco de semen—. Sé de una pareja de conocidas que acabaron como el rosario de la aurora con el supuesto padre.

—Y tampoco tengo tanta prisa, no veo la urgencia. Aún somos jóvenes, ¿no? Por lo menos lo parecemos —no acabábamos de saber si Estrella estaba dentro o fuera del pacto de embarazo que se estaba forjando.

Aun así, esa noche, al amor de la historia de la hermandad creada por las adolescentes estadounidenses, comenzamos a pergeñar modos de tratar de quedarnos por nuestra cuenta, a elaborar listas mentales de personas que pudieran estar por la labor. Darle forma a esa especie de acuerdo sin nombre se convirtió en un juego habitual de madrugadas sucesivas, con cañas interminables que empalmábamos con las rondas de chupitos. Mis candidatos siempre acababan siendo amigos gays, aun a sabiendas de la complejidad que supondría una crianza fuera del formato clásico de la pareja.

Durante aquellas cumbres de deliberaciones reproductivas, yo registraba todos estos datos mientras imaginaba cómo mis ovarios se arrugaban y mi deseo vitalicio volvía a sacar la cabeza. Tic-tac. Pasas, jeringas, bancos de semen, maternidad en soledad, adelante, no, mejor esperar, ¿esperar a qué?, ¿y si renuncio?

Estrella se mantenía reticente a hacerlo por su cuenta. Las tres seguíamos mirando la cuestión desde el burladero de los treinta y muchos, la trinchera del número tres aún dejaba hueco a la especulación, a no tener que tomar una decisión mañana. A una cierta tranquilidad. El tres, ese número mágico y de cuya década, casi sin darnos cuenta, estamos ya casi a punto de salir.

Porque han pasado ya los años suficientes desde aquella conversación, desde aquel inicio de acuerdo, para ser catapultadas desde la zona de tiempo detenido de la mitad de la treintena al borde vertiginoso de los cuarenta. Pim-pam-pum.

Hemos salido de ver otra película, y en el mismo bar donde destapamos entonces nuestras cartas, estoy deseando contarle a Mara —Estrella ya se lo sabe de memoria— cómo Gabi se ha plantado en mi vida.

—¿Y sus provisiones de vigoroso esperma? ¿Querrá compartirlas contigo? —es lo primero que le sale a Mara.

Estrella se lanza a desengrasar:

—Eh, ¿qué pasa? No es tan mal comienzo para una historia romántica. Escucha.

6. La primera vez

La primera vez que me fijé en Gabi fue en una de las fiestas a las que Estrella y yo acudíamos prácticamente cada semana desde mediados de 2011.

Mara había conocido a una tal Nieves y estaba disfrutando de la clásica inmunidad diplomática que se produce siempre que alguien comienza una relación. Todo lo que Mara hacía entonces con su nueva y misteriosa pareja era más interesante que nuestras viejas discusiones y borracheras. Estrella y yo, por nuestra parte, nos afanábamos en vivir una suerte de segunda adolescencia, quemando los últimos meses de la treintena como cartuchos, bebiéndonos una ciudad que se rompía por las costuras.

Esa noche había sesión de conciertos en un local de ensayos autogestionado lejos del centro. En estos últimos años nos hemos habituado a peregrinar por sitios así. También hemos contemplado el horror e ido a más manifestaciones que en toda nuestra vida. Y lo que hacemos en estas fiestas quizá sea lo único que nos alivia del desolado paisaje: empobrecimiento general, amigos que se van fuera de España en un goteo constante, la pérdida de derechos laborales, gente echada violentamente de sus casas, recortes interminables en sanidad y cultura... Tocaba una celebración, una pequeña victoria.

Después de mucha presión en las calles, un más que olvidable exministro de Justicia había dimitido y se había confirmado la paralización de su anteproyecto de ley: la Ley Orgánica para la Protección de la Vida del Concebido y de los Derechos de la Mujer Embarazada. Mientras se condena a los vivos a malvivir, los concebidos han de ser protegidos,

¿en virtud de qué? Estrella y yo habíamos participado en las protestas, y esa noche necesitábamos desfogarnos.

Me fijé en su culo. Pasó por delante de nosotras antes de volverse para saludar a Estrella.

—¿Y ese?

—Se llama Gabi.

Su estatura y sus rasgos me recuerdan a los de mi hermano Félix, lo cual me atrae y a la vez me resulta un poco incómodo.

Estrella sigue informando: es muy amigo de Leila, una amiga común que, además, es mi vecina.

A los pocos días, le mando un mensaje a Leila:

Silvia

Tu amigo Gabi me parece muy mono.

Leila

Jajaja, me chifla! Es mi MUY mejor amigo.

¿Quieres una cita, darling? :-P

Silvia

Sí, ese, Gabi. Me da muy buen rollo. Una cita puede ser un poco a saco, pero podemos hacer por coincidir un día de estos... ;**

Leila

Eso está hecho. Este fin de semana caen cañas multicolegas para haceros coincidir. Es el mejor del mundo, chata, muy buen ojo tienes. Muacks!

Se suceden las quedadas «multicolegas» por Malasaña, nuestro barrio, del que Leila conoce cada rincón. Y a través de ellos ejerce como anfitriona y celestina. Coincidimos cerrando bares de las calles más angostas, bailando a puerta cerrada. Yo con otro. Él con otra. Yo con él. Él conmigo.

—Hola.

—Esta es Silvia —Leila seguía velando por nuestro *affaire*.

—Hola, soy Gabi.

Y esa noche acabamos consumiendo latas sentados en bancos de plazas atestadas en las primeras noches cálidas y compartiendo después un taxi supersónico y con la música bien alta camino a Carabanchel, donde, inexplicablemente, empezaban a celebrarse todas las fiestas. La ciudad iba expulsando a la gente lentamente al otro lado del río.

Alguna que otra vez recalábamos en Lavapiés. Gabi vivía junto a la plaza de Tirso de Molina, en la calle Dos Hermanas, nombre que a Estrella y a mí nos parecía una señal clarividente. Un día dimos el paso de intercambiarnos los teléfonos y construir el *Macguffin* de prestarnos un libro.

Gabi viajaba en breve a Nueva York por motivos de trabajo y yo, oh, casualmente, tenía la guía perfecta para conocer la ciudad. Daba absolutamente igual. Habíamos salido de la zona de amistad y cañas comunes para caer en el huerto de las citas y las copas a solas.

Y así fue; una noche de junio supercalurosa ahí estábamos, a la salida del metro de Tribunal, rodeados de gente que, como nosotros, esperaban probablemente una primera cita o un anhelado reencuentro.

La plazuela apestaba a expectativas y a nervios, a flores de adelfas fermentadas por el fin de la primavera. Los dos aparecimos muy elegantes: yo primero, con un vestido estampado; él, algo más tarde, con una camisa de color claro. Nos fuimos directos al Camacho, a por las cañas que desentumecen las primeras conversaciones.

Yo me enfadé con una moderna que no paraba de acaparar la barra de zinc. Y eso a Gabi le gustó. Defendía nuestro territorio, era ese tipo de chicas.

Él, por su parte, me escuchaba como hacía tiempo nadie lo hacía, no desviaba los ojos hacia estímulos externos, no miraba el móvil. Estaba ahí. Y eso me gustó.

Salimos a la calle en busca de otro lugar. Nuestros movimientos y pasos eran titubeantes, la memoria de los bares de mi propio barrio se me había borrado de golpe. No tenía ni idea de adónde podíamos ir. Y ahí apareció: el benefactor de los cuentos, en una bifurcación de caminos, un elfo que nos ofrecía meternos en la tasca griega de la calle Tesoro.

Cuando me quise dar cuenta, estábamos sentados en una mesa, con una carta en la mano:

—Pues parece que vamos a cenar —solté con la típica sorna protectora que se gastan las chicas como yo, esas que vienen o creen venir de vuelta de todo.

—Sí, Silvia, estamos teniendo una cita.

No era otro engreído al que reírle las gracias sofisticadas o con el que desplegar mi arsenal de los ingenios. Me hacía gracia de verdad.

De acuerdo.

Se trataba de pedir muchas hojas de parra rellenas de arroz y dejarse llevar. Beber y bailar. Estaba capacitada.

Hasta el camarero era consciente de la electricidad que irradiábamos. Cuando la música y un falso número de *sirtaki* empezaron a tomar el restaurante, los chupitos y la botella de *ouzo* se apoderaron también de nuestra mesa. El camarero nos apremiaba a bailar, casi forzándonos a que nos rindiéramos al ritual mediterráneo ancestral.

Y sucedió: ese momento en que se ralentiza el tiempo y los gestos se vuelven torpes pero arcanos. Alguien se inclinó, alguien tocó la espalda del otro, alguien se apoyó, alguien se dejó besar.

La isla recién descubierta estaba sitiada por el estruendo de los platos rotos, tan falsos como la presunta ligereza de unas risas cada vez menos nerviosas.

—¿Nos vamos?

Nuestra fiesta privada no había hecho nada más que empezar.

7. Cicatrices

Tomo todas las mañanas el 21 en Alonso Martínez. Baja la ladera de la calle Génova, sube la de Jorge Juan, vuelve a bajar por Alcalá, dobla por la plaza de Las Ventas, cruza la M-30 por la avenida Donostiarra, llega hasta aquí y me deposita en la puerta de un centro comercial, justo enfrente del hospital al que han trasladado a mi padre.

«El verano es la época del hedonismo, de los paisajes bellos, los estímulos diferentes, las noches más largas para habitar», leo en la sección Buena Vida de *El País Semanal,* esa que tengo por costumbre empollarme cada domingo para cazar ideas o no repetir temas en la reunión de redacción de los lunes en *El Papel,* el medio en el que colaboro con más asiduidad. A veces quiero creer en la autoayuda. Y en los horóscopos. Acuario: «La luna llena de agosto será un momento ideal para sumergirse un poco en una ensoñación creativa e imaginar un horizonte mejor. Asegúrese de escuchar a esa pequeña voz interior».

De momento, estoy en la habitación 314 del hospital Nuestra Señora de América, una clínica triste y privada en medio de la auténtica nada, es decir, el barrio de Arturo Soria. Mi padre lleva ingresado aquí más de dos semanas y vengo todos los mediodías para que mi madre pueda acercarse al menos al bullicio del barrio de la Concepción, donde oficialmente comienzan los bares de menús, las desigualdades y la vida.

Las epifanías suelen tener lugar en un día cualquiera y en horas anodinas. En uno de mis turnos, justo cuando me encuentro cortándole el filete a mi padre en cachitos, comprendo de golpe de qué va eso del ciclo de la vida, de hacerse mayor, de la inversión de roles y de la devolución de todo lo que tus padres han hecho por ti.

El verano también puede ser el infierno en un hospital: noches eternas de calor en un sofá pegajoso de piel, aprendiéndote de memoria la sección de libros y las revistas del corazón, sin olvidar las rutinas de los medicamentos. Sinestesia de lo desagradable —heces, mucosas, heridas, sangre, orina—. También te conviertes en una oreja gigante cuando hay broncas, que siempre las hay cuando hay cuidadores y cuidados. Te acostumbras a mover a un adulto inmóvil, a manejar el mando de la tele de la habitación y a capear con la tristeza y la impotencia, líquidos altamente corrosivos.

Jugando con el móvil, el repiqueteo de mensajes que anima cualquier inicio de relación acompaña mis turnos. En la comunicación con Gabi no hay ambivalencias histéricas, el caudal de deseo e interés recíproco corre a espuertas. Desde la ventana de la habitación se ven las cuatro torres de la antigua ciudad deportiva del Real Madrid. Han venido, como tantas otras cosas recientemente, para quedarse y romper el *skyline* de la ciudad. La vida que desprende cada vibración del teléfono compensa la visión de mi padre apagándose y sufriendo.

También para ahuyentar la muerte de nuestro lado, trato de retener las huellas de la noche anterior. El hormigueo del estómago y el palpitar del sexo acompañan los fotogramas de nuestro encuentro. Las manos grandes de Gabi en mi nuca, en mi cara, las cremalleras que siempre se nos resisten, la firmeza y la suavidad de todo lo que hacemos.

—¿Dónde vas tan guapa?

—He quedado con alguien.

—¿Te gusta ese chico o qué?

—Sí, papá.

—¿Es de aquí?

—No, es de Burgos.

—¿Qué edad tiene?

—Treinta y uno.

—Hostias.

Silencio. Un hombre ocho años menor que su hija es demasiado para él. Le jode admitirlo, pero quita cierto fuste al asunto.

—¿Qué hace?

—Trabaja en cooperación. En una ONG.

—Anda. ¿Qué estudió?

—Hizo Políticas.

—¿Ciencias Políticas? ¿Aquí?

—Sí, en Somosaguas.

—¿Y te trata bien?

—No, papá, cada vez que me ve me pega una colleja.

—Pues nada, a ver cuándo lo conocemos.

—Bueno, bueno, no te embales...

—¿Cómo se llamaba?

—Gabi. Gabriel.

—Es bonito.

Mi madre vuelve acalorada de la calle y va directa a pelearse con el mando del aire acondicionado.

—Me voy ya, papá.

—Hala, pásatelo bien. Gracias por la visita.

A veces, eso es todo lo que necesitan saber los padres.

Pero cuando otra gente me pregunta, me explayo contando que he empezado a salir, por fin, con «una roca». Gabi, un hombre compacto, fuerte.

Lo digo y escucho a mi jueza interior diciéndome que cómo puedo caer en esto. Pero no he caído, me contesto: «Me he dejado caer, que es muy diferente, sobre alguien capaz de cargarte por los aires».

Alguien que es lo opuesto al hombre pequeño, como mi último novio, de quien yo siempre parecía su madre. Una roca, sí: sin miedo ni ganas de huir a ninguna parte.

Me empiezo a dejar llevar por un presente que arrebata precisamente por su falta de arrebato.

Mientras va cicatrizando el costurón de la última intervención de mi padre —entre risas, lo hemos empezado a llamar torero—, Gabi y yo comenzamos a compartir tiempo, no solo noches, y planes.

Nuestra relación se hace grande a base de colarnos una y otra vez en las rutinas del otro. Es como cambiar de alimentación.

Mi padre se debilita progresivamente y la vida de toda la familia gira cada vez más en torno a sus ingresos y sus altas, pero yo empiezo a sentirme fuerte, más vital, más poderosa. Pertenezco a algo, algo que estamos construyendo despacio Gabi y yo, un poco como mis padres allá en su juventud post-Transición. Tal vez sea el arrullo consabido de la inercia que identifica mujer en pareja con mujer feliz. Una alarma interior se dispara de nuevo.

Pero la alerta se va acallando a medida que Gabi y yo nos vamos enredando más.

Y agradezco, aturdida, a la vida por regalarme a una persona mientras me sustrae la fuerza de otra.

8. Los vivos y los muertos

—Creo que hoy he visto un muerto, Rafa.

—Qué bonito.

Estamos tomando patatas fritas y cerveza de lata en un banco del parque de la Cornisa. Desde aquí se divisa el anochecer sobre el oeste de la ciudad, esa parte que complementa el ventanal de la habitación del hospital de mi padre. La Casa de Campo, como un pastel verde e indómito, sobrevive al crecimiento exponencial e imparable de la ciudad. Desde aquí se ve también el teleférico. Solíamos ir mucho al teleférico, antes de que Rafa tuviera a Silvestre.

—He salido al pasillo y ha pasado una camilla con un cuerpo tapado completamente. Eso es un cadáver, ¿no, Rafael?

—Todo apunta, sí, doña Silvina.

A veces me gusta llamarlo Rafael o don Rafael. Llevo años viendo cómo encanece su barba de comerciante judío y cómo a los dos nos salen surquitos junto a los ojos. Nos gusta llamarnos entre nosotros de un modo solemne, señor Rafael, doña Silvina. Nos conocemos desde hace ya tantos años que coleccionamos una buena ristra de nombres privados y motes.

—¿Tú has visto algún muerto? Yo vi mi primer muerto a los nueve años. Mi abuela. Ahora me doy cuenta de que la trajeron a morir a casa. Antes se hacía así, ¿verdad?

—Y ahora también. Mi abuela también murió en casa. Como esa peli, *Antonia,* ¿te acuerdas? Cuando se muere, rodeada de su gente, porque, claro, Antonia sabe cuándo se va a morir.

—Yo quiero morir así. ¿Y te acuerdas de cuando la hija le dice: «Mamá, quiero tener un hijo»? Entonces Antonia se la lleva a la ciudad y la hija se liga a un tipo en un bar, se van a un hotel, la madre la sigue con el coche, la hija hace el pino cuando terminan, se larga de la habitación y se sube en el coche.

—¿Quieres que reproduzcamos el plan?

—No es tan fácil, Rafita.

—Claro, a tu edad.

—Imbécil, pues tú eres mayor que yo. Y que sepas que a los hombres también les cuesta más procrear con la edad.

La conversación se interrumpe de golpe porque Silvestre se ha derramado desde lo más alto de un columpio. Silvestre tiene seis años y es la hija de Rafa y de Paz. Creyeron que era niño hasta el día del parto, y con el nombre elegido, Silvestre, se quedó. Se sumaron sin querer a la corriente de nombres ambiguos que ponen los padres más a la última.

Rafa y yo hemos compartido también desde siempre nuestros respectivos deseos de paternidad y maternidad. Era un hecho que antes o después imaginábamos consumado. Su vida ya se ha organizado en torno a la realidad de ser padre.

Rafa aplica agua de una botella en el raspón de la rodilla de Silvestre, la marca roja se mezcla con la arena y con los lloros, pero repentinamente la escena cesa y el juego vuelve a comenzar para ella.

—¿Sabes lo que me soltó el otro día Silvestre? «Papá: las del parque no saben nada de espermatozoides».

Casi me atraganto con la cerveza por la risa.

—Eso os pasa por llevarla a colegios progres.

—Así que si tienes un hijo por tu cuenta figúrate lo que te preguntará...

—Pues le hablaré de las tiburonas.

—¿Qué tiburonas?

—Tiburonas, lagartas..., se autorreproducen, vamos, el futuro de la humanidad... ¿No has leído *La noche de la esvástica*?

—¿*La noche de la esvástica?* Pero ¿qué es eso? No, prefiero leer *Mi lucha.* Ahora se lo estoy leyendo a Silvestre para dormir.

—Pues *La noche de la esvástica,* de Katharine Burdekin, es mucho mejor que *1984.* Y dicen que Orwell se copió de ella.

—Claro, pero como era una mujer el mundo no supo ver su talento...

—Oye, ¿sabes que el machismo irónico ya pasó de moda? A ver, lo de las lagartas. En serio, que me lo dijo una investigadora que entrevisté el otro día.

—Tú sí que eres una lagarta...

—Pues puede que ya no tenga que hacerlo por mi cuenta.

—¿Eso va por Gabi? Uala, vais rápido, ¿no?

—Bueno, él no lo sabe aún. Pero sí.

—Yo te acompaño igual, como en la peli, si quieres. Quedas con él, luego haces el pino y nos largamos.

—Estás gracioso hoy, ¿eh? Que no, que creo que Gabi me gusta hasta para criar.

Son ya las diez de la noche y sigue haciendo casi cuarenta grados. La gente se empieza a volver a casa, pasan por nuestro lado despidiéndose. Muchos de ellos también son padres mayores, como Rafa, como lo seré yo, y casi todos parecen tener una posición económica desahogada. El calor es pegajoso y la cerveza se ha calentado. Nos vendría bien un buen chaparrón.

Unos mensajitos de Gabi entran al móvil y me sacan del limbo de las familias. Para ellos acaba el día, para mí comienza la noche. Pero hoy me esfuerzo por no volver a quedar con él por tercera vez en la semana. Voy a acompañar a Rafa para echarle una mano con la tríada baño-cena-sueño de Silvestre.

Es importante cuidar a los amigos cuando una se enamora, es importante cuidar a los amigos cuando una se enamora... Es mi nuevo mantra para que este amor de verano no se me vaya de las manos.

9. ¿Qué quieres ser de mayor?

El primer día de septiembre. Vuelta a las reuniones en la redacción de *El Papel*. Cada vez que entro me maravillo del tremendo espacio con vistas a la calle Alcalá, e inmediatamente después me sorprendo del desajuste entre sus dimensiones y la fragilidad de mis condiciones laborales. La tarima vetusta del recibidor brilla como si un pulidor con librea se acabara de incorporar tras haber estado arrodillado y afanado en lustrarla.

Con los falsos brillos de la madera vuelve la estresante rutina y la complicación de horarios que, además, dificulta la coordinación de turnos del hospital. Pero también el tráfago de las tareas diarias frena un poco la angustia de la enfermedad y la preocupación familiar. Puedo evadirme, mantenerme ocupada, perderme en cuestiones ajenas a la decadencia o el amor, las dos fuerzas antagónicas que dirigen mi vida últimamente.

Marina, redactora sénior de la sección Vivir Mejor y muy amiga de los gestos que propicien los lazos afectivos dentro de la redacción, nos ha propuesto a algunos colaboradores sumarnos a una dinámica de *coaching*. Aunque yo no forme parte del personal fijo, me invita a unirme. Y se lo agradezco. Su decisión y su calidez son dos características que conviven en ella con un equilibrio admirable. Todo el mundo respeta a Marina aquí, nadie sabe cómo ese cuerpo tan pequeño puede contener tanta capacidad de trabajo y de cuidado.

Solo vamos cinco, pero tenemos una sala común, y diáfana, como todo aquí, para nosotras solas. Todas mujeres. La pauta es escribirnos una carta a nosotras mismas desde un futuro no muy lejano con idea de poner en palabras dónde y cómo estaremos en ese momento. El objetivo: localizar los pasos que podrían encaminarnos desde el presente hacia ese futuro imaginado. La propuesta, implícitamente, está enfocada a lo laboral. Cuatro tenemos el mismo fin: ser madres.

Con embarazo mayúsculo, y nunca mejor dicho, nos disponemos a leernos en alto las cartas sin saber que las demás compañeras leerán algo igual de sorprendente. De una u otra manera, todas menos una queríamos ser madres.

Queremos ser madres.

¿Queremos ser madres?

¿Por qué?

Probablemente porque quien más, quien menos, todas estamos mediando los treinta y la decisión irreversible —ser o no ser— se nos va a plantear más pronto que tarde.

Como Indiana Jones tras el arca perdida, habíamos surfeado los veinte huyendo, con suerte, de la china del peligro de ser madres. Aprendiéndolo todo sobre anticoncepción. Pero esa china en el zapato, nuestra propia fertilidad, ha pasado de pronto a ser el arca, el grial, el vellocino, el... ¡stop! La oportunidad irrepetible para reproducirnos nos obliga ahora a mirar aquel escarpado puente colgante que se rompe, se rompe, se rompe bajo el peso de todas las noches en los bares, los másteres, los contratos de prácticas, la pericia con los anticonceptivos, los viajes, las relaciones inestables y las épocas de paro en las que habíamos estado varadas durante la treintena.

Cae la máscara y aparece el miedo. Ahora no hay duda de lo que queremos. Dios. Pero ¿qué puede hacer cada una para encaminarse a esa casilla de llegada? Nos vamos charlando animadamente a La Fragua, uno de los bares cercanos a la redacción, mientras Marina se queda recogiendo la sala y masticando los resultados, como ella misma nos dice.

—Ahora os alcanzo.

Isa, treinta y cuatro años, contrato temporal en Deportes, centra el debate en cuanto nos dan mesa:

—Además, un hijo podría cuidar de nosotras cuando la jubilación no exista.

—Uy, a las feministas de los setenta les pilló el toro ahí. ¿Habéis leído el *Diario de una buena vecina*? —yo, siempre sacando a colación algún libro para ilustrar los argumentos.

—Una amiga mía, cuando nació su hija, me dijo que estaba muy contenta porque ya nunca estaría sola —comparte Julia, contratada recientemente en Nacional, treinta y seis—. Pero a mí lo que me ha dado pánico de tener hijos hasta ahora es precisamente eso, el hecho de desprenderme de la soledad así de repente.

Apuramos el café pisándonos la euforia y las preguntas. Para este grupo de periodistas cuyo horizonte laboral y relacional no solo es incierto sino líquido como una inundación, imaginar algo que puede salir de nosotras mismas y quedarse ahí, algo fijo, es todo un cambio cualitativo.

Llega por fin Marina y se sienta en la cabecera, el sitio que hemos dejado libre para ella. Gema, treinta y siete, colaboradora autónoma de Tecnología, aprovecha para sacar el tema del reloj biológico:

—¿Sabéis que lo inventó un señor americano en los años setenta? Preciado dice que la edad va por barrios, o por géneros. Lorea, ¿cuántos tienes?

—Treinta y seis también, como Julia —contesta Lorea, del departamento financiero, la única que no ha leído su carta.

—Vale, pues según Preciado, en primer lugar, a los treinta y seis tienes que añadirle los quince que corresponden al desajuste de género. Nos quedarían cincuenta y uno, y luego restar dos por cada suplemento de juventud visible. Yo qué sé, cuerpo delgado, va, te restamos dos, melena, dos menos, pero luego hay que sumarle dos por cada condición jodida según el criterio capitalista.

Mientras Gema se afana en hacer la cuenta en el mantel de papel de La Fragua miramos a Marina, que juega con los cubiertos incómoda.

Se acerca a la barra a pedir una ensalada, vuelve, pero se escuda en su móvil.

—Vamos a ver —continúa Gema—, seguimos. ¿Soltera? Te sumamos dos. ¿Hijos? En este caso, tú no sumarías, pero cada hijo suma dos. ¿Trabajo fijo? Uy, casi, Lorea, te sumamos dos. 36+15+2+2-2-2=51. Tienes cincuenta y un años, maja. Esta es la dura realidad, según la economía heterocapitalista y según Preciado.

—Hostias, yo prefiero no hacer la cuenta —confieso mientras pienso en un tema para dar un giro radical a la conversación.

—Por eso os tenéis que hacer todas bolleras —dice Julia, que lo tiene clarísimo—. En el Medea con treinta y seis eres una púber...

—Oye, Lorea, por cierto, ¡que tú no nos has leído tu carta!

—Da igual, solo hablaba de trabajo.

Aprovechamos las risas para pedir la cuenta y deshacer la intensidad de la sobremesa, en la que, entre otras muchas cosas, algo ha quedado claro: nadie sabe la edad de Marina.

Esa misma tarde, al salir de la redacción, intento hablar con mi padre. Desconectado. Pruebo con el móvil de mi madre. También apagado. Vuelvo andando a casa mientras marco casi sin darme cuenta el número de Gabi.

—¿Dónde estás? —me dice—. Voy para allá.

Antes de que consiga hablar con mi padre, Gabi y yo ya vamos por la tercera caña y, sin saber cómo —lo sé perfectamente—, después de haberle contado lo que ha pasado en la dinámica que nos ha propuesto Marina y en la posterior sobremesa, le acabo hablando de mi hermano Félix, que tiene la custodia compartida de su hija de tres años.

—¿Tú quieres tener hijos? —le pregunto a bocajarro.

La cara. La cara de Gabi. La roca se tambalea por primera vez.

—No lo sé, no tengo una respuesta así en abstracto. Dependería de cómo, con quién, en qué momento de mi vida...

—Claro.

Silencio. Nos sonreímos a través del fondo del vaso de cerveza.

—¿Y tú?

—Yo sí, siempre he querido.

«Yo siempre he querido», me escucho decir. Con Gabi no me siento mal al decirlo. Con Gabi fluye. «Y tengo miedo de que se haga demasiado tarde.» Eso me lo he callado mientras salíamos a la calle a fumar y a refrescarnos.

Mamá llamando.

¿A estas horas?

Me asusto.

Me cuenta muy contenta que mañana les dan el alta. «Nos dan el alta.» Me conmueve esa primera persona del plural.

Si algún día crezco, quiero hablar en plural, pienso. Eso, de momento, tampoco se lo cuento a Gabi. Pero la alegría nos hace brindar y seguir bebiendo y alargando la noche de bar en bar.

10. El hogar

Todos estamos emocionados y nadie escatima muestras de cariño en este primer día que mi padre pasa fuera del hospital. Nuestras relaciones vuelven a su sitio, como si cada uno retomara su marca dentro del pequeño escenario familiar que representa la casa de mis padres. Los olores y los objetos conocidos nos hacen olvidarnos momentáneamente de los de la clínica.

Mi madre prepara la mesa: salmorejo riquísimo y filete ruso. Mi padre se sienta al ordenador para hacerme una transferencia, un préstamo que compensa la devolución de Hacienda que aún no me ha ingresado la Tesorería, y que me resolverá el bajón clásico de final del verano antes de empezar a cobrar las colaboraciones estables de septiembre. También me regala una mochila de publicidad que tiene repetida y un USB con forma de llave plateada que no utiliza, me dice.

Mientras tomamos café y nos zampamos unas napolitanas de crema que he comprado en La Mallorquina, mi madre cuenta con todo detalle una peli que vieron en el hospital y que se llama *La bicicleta verde*.

Mi padre se va a la otra tele a ver la Vuelta a España. Nosotras nos quedamos comentando en el salón las evoluciones a velocidad de tortuga en la trama del capítulo trescientos setenta y dos de *Acacias 38*, mientras le doy un masaje en los pies cargados a mi madre.

Un septiembre de años atrás. También en una sobremesa de verano, en esta misma casa: el padre sentado a la mesa, en la cabecera, la madre a la derecha, los hijos al lado, enfrente, a la izquierda. El padre está sin camisa debido al calor, el runrún de la radio amodorra el café con hielo que alguien remueve con fruición. Las Torres Gemelas han caído el año anterior por esas mismas fechas, pero en esta casa está a punto de producirse otro derrumbe de magnitud similar. El padre comunica el diagnóstico de su enfermedad con tres adjetivos lapidarios: incurable, crónica y degenerativa. Las tres palabras producen la detonación controlada. Al fondo sigue el locutor deportivo, sigue el verano.

Pienso en los progresivos cambios en la vida familiar después de nuestro particular 11-S: habituarnos a la medicación, cada vez más compleja, a las limitaciones de movimiento, al miedo, la negación, la vejez prematura, la obsesión por querer apurar la vida mientras dure la salud, el cambio de relación entre mis padres, que van pasando a ser cuidadora y cuidado.

Solo unos meses después, acepté el trabajo que incluía una estancia fuera de España.

—Primero la enfermedad, y ahora te vas tú —me dijo mi padre al despedirnos. En ese momento me pareció egoísta y tierno al mismo tiempo. Ahora comprendo que lo que sentía era miedo.

Yo también. Tuve que separarme geográficamente. Me fui a una universidad pequeñita, en el estado de Ohio, ni siquiera podía presumir del glamour de otras ciudades como Nueva York, Chicago o Los Ángeles. Una plaza de auxiliar en una cátedra de literatura española y un curso de escritura. Un idioma y un escenario extraños: la mejor fórmula para la huida. La enfermedad había bajado a mi padre progresivamente del cielo de la abstracción masculina, convirtiéndolo por primera vez en cuerpo. Un cuerpo que había que cuidar, como seguimos haciendo ahora. Podría haberme quedado para siempre, pero volví. Soy tan ambiciosa que el dinero no me vale; ni el prestigio, pensaba entonces citando a Rosario Hernández Catalán, una profesora de la facultad.

Imagino a Gabi viniendo a esta casa a conocer a mis padres. Y me encaja en el puzle.

Miro una vez más a mi familia y siento un profundo agradecimiento por su generosidad. Así que, antes de irme a mi casa, les digo: «Gracias por todo». Me miran algo asombrados y sonríen. Entienden.

En los hilos invisibles que nos unen se sujeta el desastre. Como cuando sacas un palo del mikado y el armazón no se cae sino que sigue milagrosamente en pie.

11. Decisiones reproductivas

Al principio de aquel otoño, Mara se alquiló un piso con Nieves y por fin pudimos conocer mejor a su nueva pareja. Nieves es algo más joven que nosotras, muy delgada, muy alta y muy tranquila. Parece una espiga al sol. El complemento perfecto para el nervio incandescente de Mara. Al parecer, está encantada de unirse a la fiebre de la reproducción. Se las ve bien, nos cuentan que, tal y como están las cosas, van a tener que casarse antes de solicitar la entrada en los programas de reproducción asistida de la Seguridad Social.

En esos años, desde nuestro pacto de las *17 filles*, Mara y yo nos habíamos planteado convertirnos en algún momento en madres solas. Decíamos que nos merecíamos sumarle el complemento «por elección» al sintagma «madre soltera», pero las risas irónicas de Estrella nos recordaban enseguida que, en realidad, era porque no habíamos encontrado a nadie con quien liarnos la manta a la cabeza. Hacía unos meses, Estrella nos había comunicado que estaba pensando en marcharse fuera a trabajar, a «hacer todas esas cosas que no podría hacer con un hijo».

La nomenclatura «madre soltera» es *vintage*. Como si el estado civil interviniera en la crianza. «Madre sola» sería más ajustado, pero además de sonar rarísimo es igual de estigmatizador, no hace sino remarcar que el modelo normalizado de crianza y familia pasa necesariamente por la pareja.

Antes o después surgirá la pregunta. Y el relato de la explicación. Un banco de semen. Mejor dicho, una clínica que tiene como proveedores a bancos de semen. De las primeras inquietudes que le asaltaban a Mara —pionera de Las Tres Hermanas en esto de plantearse cómo y con quién— era cómo se le explicaría eso a un niño ya crecido que, inevitablemente, y en el momento más inesperado, preguntaría por su padre.

Les suelto la anécdota acerca de los espermatozoides que me contó Rafa. Su hija lo había dicho con desilusión y cierto aire condescendiente. Lo que daba a entender que antes de los seis años, en los colegios ya les explican con todo tipo de detalle la reproducción. Y la explican, seguramente, con la intervención de «un papá». Semilla, madre, fecundación, etcétera.

Pasas.

Luego supe de una de las respuestas estándar de las madres solas: «Yo soy tu madre y tu padre».

«Sí, pero ¿los espermatozoides de dónde salen?», me imaginaba replicando con insistencia a la hija de Rafa o a mi sobrina Sara, que tienen la misma edad.

Justamente cuando nació Sara, mi primera sobrina, yo estaba dejándolo con mi última pareja. La alegría de ser tía por primera vez se trenzaba con el duelo ominoso del fin de una relación larga. Tenía treinta y tres años y la futura paternidad de mi hermano había logrado subir el volumen de mi deseo de ser madre, lo que desencadenó una crisis con Pablo, con quien, tuve que ser honesta conmigo misma, no me veía sacando adelante a una familia, por extraña que fuera.

La crisis concluyó en ruptura. Fue muy duro dejarlo por un pálpito de difícil explicación, adelantando un problema que acaso todavía no era tal, pero, como me dijo él: «El deseo de ser madre te ciega». O me ilumina, pensé yo.

Iluminada por mi ceguera, durante los meses siguientes, y recién inaugurada la época de declive que marcan los tratados de fertilidad, yo iba y venía sobre la idea de «adquirir semen». Un día se lo comenté a quien entonces era mi ginecóloga. Ella, con muy buen criterio, me recomendó que lo pensara mucho, que criar sola era algo duro. También me hizo un regalo en una bolsita de plástico.

—¿Qué es?

—Un pato. Un espéculo.

Me enseñó a ponérmelo y a detectar, con la ayuda de un espejo, los cambios en el cuello de mi útero. Lo hice un par de veces y el pato se quedó un día al fondo del cajón del baño, junto a las tiritas y los salvaslips.

Sobrevino una fase despreocupada y me sorprendí dispuesta a dejar pasar la maternidad. Casi desarrollé una alergia repentina por la vida familiar. Entonces empecé a recopilar fotos de los ladrones de amigas. Me molestaba cómo robaban su atención, mi tiempo, nuestro tiempo. Me enervaba la dinámica que conlleva la crianza, conversaciones interrumpidas y voluntades pequeñas pero dictadoras fastidiando nuestros planes e imponiendo limitaciones. Empecé a rechazar planes de meriendas o vacaciones con niños. Yo, que había sido la amiga y tía enrollada de tantas amigas necesitadas, huía de todo lo que me sacara de la consagración de mi individualidad y me plantara en las narices el fin de la juventud. Hasta que la enfermedad de mi padre se recrudeció.

Hemos trasladado a la nueva casa de Nieves y Mara las sesiones deliberativas de nuestro contubernio reproductivo. No somos diecisiete ni somos *filles,* pero cuatro tampoco está mal para empezar. Estrella sigue enfadada con la especie y sin tomar una decisión clara, pero viene puntualmente a todos los encuentros, los aquelarres oficiosos del grupo «no-madres sin pareja o lesbianas interesadas en serlo».

Nieves nos habla de tres amigos de su prima, una mujer y dos hombres, pareja, que han hecho inseminación casera. Escuchamos con atención la historia del jeringazo: habían mezclado el semen de los dos en la misma dosis.

El plan de Nieves y Mara era más sofisticado y bastante frecuente en parejas de mujeres con deseo de descendencia.

Primero se embarazaría Mara con el óvulo de Nieves. Y pasados dos años, la operación se haría a la inversa.

Me podía imaginar la cara atónita de mi madre cuando se lo contara. Mara comenta que también existe otra opción: la inseminación casera con semen traído desde Dinamarca en tanques de nitrógeno o envuelto en hielo seco.

—Como en *Mars Attacks!* —dice Estrella.

—Lo sirve a domicilio una empresa danesa que se llama Cryos —aclara Nieves.

—¿En serio, se llama *críos*? —risas.

—Mirad este, se llama Anders, carpintero —dice Nieves girando su ordenador.

Una foto de un bebé casi albino sobre una toquilla de borrego nos hace imaginar al actual Anders como un hombre guapo.

—Te permiten hasta saber sus *hobbies* o ver su letra manuscrita —estamos cotilleando la página de Cryos y sí, es real, está pasando.

—Siempre que pagues la tarifa premium, claro —aclara Nieves.

—Parece un modo interesante de conocer a alguien —admito.

Luego pasamos al apartado de dudas. «¿Tengo autorización legal para importar esperma de donante?» «Sí, dentro de la UE, la libre circulación de mercancías está garantizada y no existen fronteras.»

El nombre técnico de las cápsulas que custodian la mercancía de Odín o Thor es, más risas, pajuela.

Fuera de bromas, Mara y Nieves lo están considerando como plan B. Dudan mucho de que puedan convencer a Papá Estado de su plan «intercambio de óvulos». La Ley de Reproducción Asistida, al parecer, no destaca por su flexibilidad ni sus garantías, aunque sí se ha visto obligada a acoger a mujeres «sin pareja masculina» gracias a las batallas de unos cuantos bufetes de abogados feministas.

En mi caso, la opción «madre sola por elección» hacía un tiempo que había quedado atrás, aún más habiendo visto de cerca la dificultad para criar de mis amigas madres, de mis amigos padres. La conclusión es clara: incluso estando en pareja y teniendo buenas condiciones laborales y redes afectivas, la crianza era un oficio duro. Ni siquiera mi madre podría echarme una mano, como ella misma me ha dejado claro.

Mientras la conversación toma otros rumbos, pienso en Gabi. Nos imagino juntos, paseando por un parque con el cochecito del bebé, turnándonos cada noche para darle el biberón.

Y me gusta.

12. Los Pactos de Donosti

Entre Gabi y yo también hubo un hito que derivó en pacto. O al revés. Todas las relaciones están marcadas por broncas, cuernos, decisiones, reencuentros, proyectos, volantazos que determinan. En la nuestra fue un viaje. A Donosti, últimos días del año. Vaya año.

Voy a participar en Tabakalera en unas jornadas de comunicación y género. Gabi y yo aprovechamos para pasar juntos unos días allí, antes de las fiestas familiares.

Hace un tiempo esplendoroso. Después del cierre del taller hemos quedado con María y Eider, unas amigas donostiarras que nos llevan a una fiesta en el monte Urgull. Desde ahí arriba se pueden ver las luces de la bahía mientras el aire nos corta la cara. Un recital de *bertsolaris* nos reta a Gabi y a mí a permanecer atentos un buen rato escuchando versos en euskera sin entender ni media palabra. Después bailamos hasta que se hace de día en lo alto del monte. Nos alumbra la energía infinita de los primeros viajes de amor.

Al día siguiente, nuestra resaca se topa con Santo Tomás: la ciudad se paraliza para tomar *txakoli* y chistorra en cada calle. Hemos quedado de nuevo con María, en la caseta de su cuadrilla. Entonces aparece su hermana con un bebé. Se abre la blusa del traje típico para dar de mamar, y nos cuenta cómo María la acompañó en el parto.

María asiente y nos da detalles. Su cuñado no quiso estar presente, pero para ella fue una experiencia inolvidable.

—No, si María fue la mejor acompañante... ¡Hasta que se durmió!

54

—Me lo pusieron muy fácil. Además, fue parto velado, no se rompió la bolsa amniótica...

—La concha de su madre, si voy yo me tienen que atender a mí en vez de a vos.

Gabi y yo nos reímos mucho con el cuñado de María, que ahora acuna al bebé muy pegado a su pecho. Me pregunto si a Estrella, o tal vez a Mara, les gustaría acompañarme en el parto.

El centro que me ha invitado a dar la charla no ha escatimado en medios. Estamos en un hotel «por encima de nuestras posibilidades», del que cuesta salir de la habitación aunque sea para explorar una ciudad tan bonita como Donosti. Desde el ventanal se ve la playa de La Concha.

Llevo dos días rumiando cómo decirle a Gabi que, antes de conocerle, mi plan vital inmediato era ponerme a intentar quedarme embarazada nada más cumplir los cuarenta. Falta poco.

—Mi cumple es ya el 30 de enero... ¿El tuyo cuándo era?

—Buuu, vieja. El mío, el 10 de abril.

—Durante tres meses nos llevaremos entonces nueve años. ¿Sabes que a mi padre le parece fatal que seas un jovenzuelo?

—¿Por?

—Mi madre dice que si uno de mis hermanos viniera con una chica diez años menor ni se plantearía el tema.

—¿Te gusta cumplir años?

Estamos en una bañera. Una bañera enorme.

—Me agobia lo de los hijos —digo. Luego bromeo, mirándolo—. ¿No te parece un atraso lo del reloj biológico? ¿No se ha descubierto nada nuevo? ¿Qué piensa hacer la ONU contra la baja natalidad?

—En realidad lo que hay en el mundo es un problema de sobrepoblación.

Miro los difusores y chorros disponibles. Subo la potencia de uno de ellos.

—Yo este año que viene querría empezar a intentar quedarme embarazada.

Querría. Empezar. Intentar. Chapoteos.

No sé cómo hacer de esto un anuncio informativo y no una exigencia, o acaso una amenaza. Sobre el borboteo del agua, la voz de Gabi se superpone un poco más quebrada:

—Hombre, me pillas en un momento en que me apetece cambiar de vida, pero, no sé, había pensado en algo más suave: irnos a vivir juntos, por ejemplo.

—A ver, no te estoy pidiendo que seas el padre.

Mirada sostenida en medio del vapor. Buena señal. Una intensidad específica envasa al vacío este baño lleno de luces led que es casi tan grande como el salón de mi casa.

—Pero es que lo quiero hacer. ¿Tú me acompañarías en algo así? ¿En una maternidad, aun sin ser tú el padre?

—Hostias, no sé, tendría que pensarlo.

Cómo explicarle también que la decisión la mueve una urgencia que está fuera de mi control.

Abre el grifo. Se mueve, sacando las rodillas, formando cercos blancos de gel y aceite. Me salpica.

—Venga, y si es niño, lo llamamos Tomás.

—Y si es niña, Concha. La concha de tu madre...

Y la risa desarma la solemnidad, disipa el susto. Allí, en esa bañera, nosotros, supuestos hijos de la cultura de la Transición, la era del consenso forzado y los pactos, firmamos nuestros primeros pactos de pareja.

Primer pacto: a mitad del año que estaba por empezar nos iríamos a vivir juntos. «A una nueva casa, ni la tuya, ni la mía.»

Segundo pacto: «Después del verano yo empezaré a intentarlo. Ya veremos si por mi cuenta o no, pero lo intentaré». «Él irá viendo, a su ritmo.» O eso dice la letra pequeña del segundo pacto.

Salimos a celebrarlo.

Al poco de pedirnos unos cuantos pinchos y un pote, mi móvil nos sacude del idilio con el futuro.

«Papá llamando.»

Salgo del bar. Me cuesta oírle, en parte porque mi padre ya tiene dificultades para vocalizar.

Mientras me habla voy subiendo la cuesta de la calle del bar, que acaba en el puerto. Consigo entender que van a tener que ingresarle para intervenirle de nuevo.

Colgamos y bajo hasta la playa.

El mar está picado y el viento me corta la cara.

Pienso en su voz accidentada, su pesadumbre aplastante, él, que casi siempre trata de animarnos a todos antes de cada una de sus operaciones. No en esta ocasión. Es como si algo hubiera sentenciado el aire, su tiempo. Como aquella vez al poco del diagnóstico. Íbamos solos en el coche, él aún podía conducir, y me dijo sin apartar la vista de la calzada: «Escúchame, cuando la cosa se ponga fea, me pegáis un tiro y me quitáis de en medio, ¿eh?».

13. El tiempo se sale de madre

Mi cuerpo fue acarreado con seguridad hasta casa por Gabi, junto a mis hermanos, mi madre. Solo al traspasar el umbral dejamos de ser una pintura negra de Goya cruzando la calle del mismo nombre a la vuelta de la comida después de la cremación.

Más abrazos que en años. No se enciende la tele. Nadie tiene hambre. Aun así, sobremesas estiradas hasta que anochece. Hablar. Compartir sensaciones e historias. Tristeza en bruto. Familiares que pasan a chequear cómo vamos. Miedo a dormirte, miedo a despertarte.

Estamos abiertos en canal. Y cerca. Pero esos dos días de irrealidad máxima se acaban, la vida cotidiana golpea la puerta: los trabajos, los niños, las casas de cada cual.

Gabi hizo comida. Se la llevó a mi madre, que aseguraba que nunca más volvería a cocinar. Hizo tápers y les puso pegatinas.

Gabi y yo fuimos al mercado y de vuelta a casa compramos una *Calathea*. Una planta con resistentes hojas oscuras y destellos plateados.

Había que llevar algo vivo. Porque mi casa ya no parecía mi casa, se había vuelto un sitio extraño, como yo misma era una extraña en mi propio cuerpo. A cada rato me volvía a deshacer. El pecho era amplio y metálico. Dolía. Miedo a recordar cuánto te duele. Miedo a tu propio dolor.

Dentro era un lugar lleno de pinchos y escarpias. Un despertar más, y otro. Y la rotundidad de la ausencia. Pero Gabi seguía ahí. Se ocupaba de regar la *Calathea* y no parecía querer irse a ningún lado.

El jueves siguiente es mi cumpleaños y tengo pánico, ya no a cumplir cuarenta, ese rubicón se ha desdibujado de golpe, sino a no volver a sentir calor jamás. Estrella y Mara vienen todas las tardes a casa. Hoy Mara lleva un hermoso jersey de angora blanco, peludo como un gato.

—Qué bonito, ¿es nuevo? —le pregunto.

Se lo quita y me lo regala.

Me lo pongo encima de la camisa de papá, esa que nunca le di al de pompas fúnebres y que rescaté de las bolsas de ropa que mi madre preparó enseguida con sus pertenencias para sacarlas de casa.

No me quitaré esa ropa hasta el lunes, el día que vuelvo a trabajar. Tengo la piel en torno a los ojos irritada, roja, deshidratada. Estrella me pone crema, Mara hace café. Han llamado a Rafa para que venga un rato por la tarde y me pueda comer a Silvestre a besos.

Las dos me sacan también a cenar, son capaces de hacer fuego con las astillas.

Gabi se queda esos días en la retaguardia. Y sin embargo está, en el momento exacto en que lo busco. Nuestra relación da un salto cuántico en esos días que casi condensan varios años por minuto. Él es joven, pienso. Por eso quizá puede juntar los cachitos de mí que han quedado dispersados después del impacto del rayo.

La fiesta de cumpleaños más rara de la década se celebra en el bar de la esquina de mi calle. Dentro, el frío continúa arreciando pero conseguimos conquistar un rincón acogedor de la barra. Me siento en medio de un pogo de dolor y emoción en torno al cual mis amigas y Gabi crean un férreo cordón de seguridad.

Aparecen Marina y otras compañeras del trabajo con un librito envuelto en papel de color rojo. Es un volumen ilustrado precioso: *Tres mujeres,* de Sylvia Plath. Un poema a tres voces sobre la maternidad. La voz de que quiero ser madre ya ha debido de correrse por todo el periódico. Me da igual. Llega el momento ritual de la tarta. Por primera vez en mi vida, no voy a oír «felicidades» en la voz de mi padre.

Me acerco a Gabi. Los demás no nos oyen.

—Gabi, ¿te acuerdas de los Pactos de Donosti? ¿Qué te parecería acelerar el primer pacto? Lo de vivir juntos.

—Recuerdo perfectamente el primer pacto —dice. Me sostiene la mirada como en la bañera del hotel.

Podría decir que en ese momento estoy chupando la nata del cabo de la vela del número cuatro de un modo seductor. Pero mentiría. También podría decir que según la ley no escrita del duelo, un mínimo atisbo de hacer planes es un buen síntoma.

—Y sobre el segundo pacto...

—No creo que ahora pueda pensar en eso —miento. Es probable que rompa a llorar por octava vez en lo que va de día.

Con el rabillo del ojo veo la melena rubia de Leila moviéndose al cortar la tarta. Estoy preparada para un rechazo.

—No, que digo, que ya para eso —nos tiende un plato con dos pedazos de pastel, pero él sigue hablando—, que si lo vas, lo vamos a intentar, pues que sea mío.

—¿Esto es una coñita de cumpleaños o vas en serio, Gabi?

No dice nada. Me besa. Es el mejor beso. Los invitados aplauden y vuelven a cantar *Cumpleaños feliz*, contagiando a la mitad del bar en una de esas escenas tan embarazosas de celebración alcohólica colectiva. Está bien, si os lo proponéis puedo llorar otra vez. Pero antes pido una ronda de tequilas. Esto no es hacer planes, esto es «el plan».

—¡Venga, de un golpe!

—Por los que se han ido y por los que vendrán —propone Gabi.

Y bebo. Y lloro. El tiempo, definitivamente, se ha salido de madre.

14. Ser o no ser. Dentro y fuera

Intuyo que es la punzada de conexión con la vida que trae la muerte: a partir de ese día, nadando a contracorriente y sin ningún tipo de proceso racional de por medio, la calentura del deseo de ser madre se me empieza a multiplicar por mil hasta convertirse en otra experiencia física casi a la altura de la pérdida.

En el metro.

Por la calle.

En anuncios.

Empiezo a ver embarazadas, carritos, noticias, canciones llenas de bebés, padres, madres, todo tipo de madres. Me fijo en la cara, en el cuerpo, tratando de calcular su edad. Y todas me interpelarán en el mismo sentido, todas lanzan un dardo a la diana de la duda sobre mi fertilidad. ¿Seré yo capaz de quedarme? ¿O me convertiré yo misma en un *cul-de-sac* dentro del árbol?

¿Llego demasiado tarde?

Estoy sentada en la consulta de la médica del centro de salud Palma Norte. Una parte de mí, la que cree que la salud integral podría tener algún tipo de cabida en la sanidad pública, siente la necesidad de contarle a la doctora que mi padre acaba de morir, que muchos días no duermo bien. La otra parte escucha en tensión a esta mujer que descifra la información en el monitor de su equipo.

Me está dando los resultados de una ecografía que me hago cada seis meses en el pecho. En el izquierdo tengo un fibroadenoma, algo muy común, una concentración de fibras. «Tienes el pecho muy fibroso.»

Las fibras se concentran haciendo bultos. Bultos que asustan, hasta que los explora el ecógrafo del centro de especialidades, con su sensor y el gel frío.

Todo está bien. El fibroadenoma está en su sitio, no ha crecido, no ha mutado.

La médica me dice que vuelva en seis meses.

Antes de cerrar mi historia, me pregunta si soy madre. ¿Si soy madre? La miro a los ojos, ojos miel detrás de las gafas.

Hace unos años, bastantes, ya tengo suficiente edad como para decir hace casi veinte años y que no me parezca toda una vida, trabajaba en un colegio público dando clases extraescolares de teatro. El colegio estaba en la otra punta de la ciudad, tenía que cruzarla cada día para ir a dar una hora de clase. Bea, la compañera que me había conseguido el trabajo, estaba embarazada. Su preñez era una anomalía salvaje en nuestro paisaje. Bea tenía una tripa compacta cuyo crecimiento fue marcando el compás del avance del curso.

Recuerdo que pedí un aumento, el sueldo era mísero. Bea dijo que yo era una valiente, subiéndose las medias tupidas de algodón, casi leotardos, sobre la barriga, mascando chicle aparatosamente, como solía, como solíamos, apoyadas en alguna de las rejas granates del patio. Éramos niñas, me parece ahora.

Un día, Trino, un niño muy espabilado de unos seis años, me dijo:

—¿Por qué llevas una carpeta?

—Porque ahora me voy a clase —estábamos terminando la facultad. Muchas veces, después de dar la extraescolar, iba para allá.

—Ah, pero ¿tú no eres una madre?

Su pregunta me provocó una carcajada pero me hizo ver algo más profundo. Para él, y para el resto del mundo —los niños son el espejo de nuestros prejuicios—, las personas se dividían entre los que estaban a un lado de las rejas del cole, los niños, y las que estaban al otro lado, esperando, las madres. Y las madres no iban a clase.

Si yo no estaba dentro, solo podía estar fuera. Trino me miraba a través de toda la expectativa de género cristalizada lentamente durante generaciones hasta llegar a él. ¿Era yo una madre? No, en ese momento tenía veintidós años, estaba terminando de estudiar, aquel era uno de mis primeros trabajos con alta en la Seguridad Social y nada se me hacía más lejano que la idea de ser madre. No me concedieron el aumento y al final de ese curso dejé el trabajo.

La mirada de la médica al otro lado de la mesa de la consulta del centro de salud me recuerda aquella con la que me había interrogado en su día Trino.

—No, Trino, no soy una madre.

Pero la verdad es que ya en aquel entonces podría haberlo sido. Mi propia madre lo había sido por primera vez a esa edad.

—No, no soy madre. Pero acabo de cumplir cuarenta y querría intentar...

La médica abre la historia de nuevo. Teclea «Acfol» en el apartado de la receta destinado al nombre del medicamento.

—Ácido fólico. Tómate uno al día. Es para prevenir malformaciones.

Empezamos bien. Aún ni existe la posibilidad de que haya un bebé y ya tienes que preocuparte.

15. El reloj

Justo después del mío, como solía suceder en los años anteriores —la capacidad del tiempo para mantenerse impasible ante los acontecimientos es notable—, llega el primer cumpleaños de papá sin papá. ¡Que no falten las ocasiones especiales para desgarrarnos lo que nos queda de corazón! Y mamá sin papá nos propone salir a comer.

«Papá y mamá», sonaba tan simple y significaba tanto… Ese sintagma había ejercido su función de pilar todos estos años tras las veleidades de mi alocada juventud, de mis decisiones inexplicables, de mis mudanzas profesionales, amistosas… Por más lejos que me hubiera ido a vivir, al lado de mis múltiples habitaciones en llamas rondaban siempre papá y mamá, durmiendo en la cama-barco de su habitación de matrimonio. Velaban por mí.

Mi madre ahora tiene miedo en las noches de invierno. «Sin ti no entiendo el despertar, sin ti, mi cama es ancha…», cantaba Serrat en la canción que sonó en el crematorio. Fue idea de mi hermano Félix. Antes de irnos, la escuchamos como una oración.

«Papá y mamá.» Sintagma clausurado.

Y casi me da vergüenza echarlo de menos, pero solo ahora me doy cuenta de la seguridad que me proporciona la palabra «papá», saberlo ahí. El último cumpleaños de mamá, de mamá con papá, aún en el Antiguo Régimen, lo celebramos en este mismo restaurante.

Ese día, mi padre ya tenía que trasladarse con la moto. A mi sobrino pequeño le chiflaba, papá le dejaba subirse en ella y se iban chillando los dos por las aceras anchas de la calle O'Donnell. Él y las niñas han preguntado muchas veces después por la moto del abuelo. Se ha convertido en un signo. Azul, reluciente, aparcada en el portal. Ahora es un objeto de un tiempo pasado. Y mejor.

«La carne es buena», ha dicho hoy mi madre por el grupo de WhatsApp «Familia». Pero esa no es la razón para haber venido aquí. Mamá quiere enseñarnos a ser fuertes, a superar a través del recuerdo, a hacernos capaces de atravesar juntos el paisaje afectivo, aunque parte de sus pueblos e iconos estén arrasados. Sentados en la misma mesa en la que estuvimos hace unos meses y gracias a la incorporación de Gabi, hoy somos el mismo número de comensales.

A los niños se les ve mayores. Apenas unos meses para ellos son una vida; nosotros estamos igual, algo más cansados, quizá, algo más ajados, también. Al final de la comida, mi madre ha sacado una bolsa pequeña de ante azul y nos ha dado un reloj de mi padre a cada uno. Mi hermano mediano, Félix, renuncia al suyo, dice que prefiere que permanezca con mi madre para la siguiente generación. Yo no. Yo lo atesoro, sin mirarlo demasiado, evitando el desborde emocional sobre los entremeses, a la vez que me hago consciente del valor de este objeto. Mi padre ha dejado escasas posesiones personales. Hasta sin camisa se ha ido en el último viaje.

Gabi me agarra las manos por debajo del mantel.

Después de la entrega de los relojes, Andrés propone un brindis en honor a su memoria.

Hay un silencio demasiado largo, que me esfuerzo en llenar. Digo que Gabi y yo aprovechamos entonces para comunicar que nos vamos a vivir juntos, que estamos buscando casa, que si se enteran de algo no muy lejos del centro... Carolina pregunta a modo de falsa broma:

—¿Y también vais a encargar un niño?

Gabi y yo nos miramos.

—Lo intentaremos —dice él.

Mi madre propone otro brindis. Un brindis más apagado, para que tengamos suerte en nuestra búsqueda. Y este nuevo brindis tiene algo de traición: las cosas ya empiezan a suceder sin que mi padre pueda celebrarlas.

Mi hermano Félix ha elegido otro objeto fetiche que siempre ha palpitado en mi casa: una libreta gastada donde él iba anotando todos los trayectos que hizo en avión durante más de cuarenta años. Un registro. Un archivo de vuelos. Viajó mucho por Europa Central, la llamada entonces «occidental». También a Japón y a Estados Unidos, pero sobre todo a Europa. Viajaba casi todos los meses, y siempre nos traía un regalo a cada uno de aquellas ciudades en las que estaba. Ese momento era ritual. Ponía la maleta encima de la mesa y rebuscaba entre la ropa las bolsas con nuestros regalos. Recuerdo especialmente su llegada después de una estancia larga en Japón: un kimono para mamá, una botella de sake, un cubo de Rubik, una Nintendo, unas láminas con *geishas*.

La casa se iba llenando así de *souvenirs:* jarras alemanas de cerveza, imanes de autobuses *double-decker* londinenses, una tabla con forma de salmón de Noruega y envoltorios de chocolatinas suizas. Pero lo que más nos gustaba eran sus historias. Como aquella en que un hombre intentó seducirle en un tren entre Roma y Pisa, o esa otra en la que el único hispanohablante con el que coincidió en Japón era un chileno pinochetista con el que no podía conversar de casi nada sin acabar discutiendo. Las variaciones de esas historias, escuchadas a lo largo de los años en sobremesas como esta, forman ahora el núcleo duro de nuestra memoria, mucho más fáciles de archivar y retener que el tono de su voz o el color de su piel, cualidades que el tiempo pronto empezará a diluir.

Me ajusto el reloj en la muñeca. Es un reloj grande. Se lo muestro a Gabi. La correa de piel me resulta casi una extensión de mi padre.

—No quiero que se gaste.

Gabi y mi padre apenas tuvieron tiempo de conocerse. De pronto, me resulta extraño saber que voy a intentar tener un hijo con alguien que nunca ha escuchado sus historias. Pero él coge mi mano, la mano del reloj, y la besa.

16. Deponer las armas

La búsqueda exhaustiva de casa se convirtió en un método tan bueno como cualquier otro para huir del dolor. Altas y alertas en sitios con nombres optimistas como Idealista o Tucasa, visitas a barrios inalcanzables, económica o geográficamente, redacción detallada de un cuestionario de prioridades.

Una tarde, siguiendo la dirección de una posible casa cerca de Tetuán, acabo sentada delante del Palacio de Congresos, debajo del mural de Miró y enfrente de la estatua de Eva Perón. Siempre me ha gustado este parque. Lo tengo asociado a mi padre. Su oficina queda aquí cerca. Siempre nos costó encontrar un tiempo y un espacio para hablar, a veces era escurridizo, como tantos hombres de su generación. Miro a mi alrededor.

Y se me inundan los ojos al pensar en las conversaciones que ya no tendremos. La idea misma de que él ya no esté, ni en Madrid ni en ningún sitio, se me antoja absurda. Pasa una ambulancia por el paseo de la Castellana y pego un respingo.

Lo más efectivo es seguir caminando: caminar, caminar y caminar hasta la siguiente cita en la siguiente casa. De todos modos, ¿qué hago yo en este barrio donde ni puedo ni quiero vivir?

Así fue como empezamos a descartar ciertas zonas de la ciudad, era evidente. Nuestros barrios, cíclica y eternamente jóvenes —Malasaña y Lavapiés—, quedaron atrás. Se acabaron los días de San Vicente Ferrer, los días de vivir sola en una casa microscópica, del *workalcoholismo,* de no dormir y bailar, de la resaca sabor agave, del bajón químico de los martes, del desorden, de la intensidad. El cambio de mi estructura molecular y la época de la niebla, del abrazo, de dormir juntos a diario, de decidir «irnos a vivir», desemboca en la conclusión de que el centro se ha convertido en inhabitable, así que vamos alejándonos de él en busca de algo asequible y bonito.

Nos instalamos al sur del centro, en Arganzuela, el barrio en el que, curiosamente, se crio mi padre.

—Tened cuidado, que este barrio embaraza —nos había dicho Estrella cerrando el maletero con un golpe seco, el día que rematamos la mudanza con su coche.

Nuestro portal tiene algo del paso a la otra dimensión del final de *2001, una odisea del espacio.* Solo que, en vez de océanos de tiempo, un pasillo eterno de relucientes buzones nos separa de la calle. En las parejas o grupos de nombres estampados en cada buzón hay otras promesas de historias pasadas o por hacer.

La casa es algo más cara de lo que nos habíamos propuesto, pero yo necesitaba poner mi cuerpo a refugio en un lugar acogedor, confortable y caliente. Aunque la finca es centenaria el piso está recién reformado. Luz, mucha luz, un salón amplísimo, techos altos, paredes pintadas de azul claro y, al final del pasillo, un cuarto interior con el tamaño perfecto para escribir. A veces nos sentimos en un decorado falso, excesivo para nuestro presupuesto. Yo aún me muevo por ella como si fuera un ladrón buscando el lugar preciso de los objetos.

En el rellano hay un montón de puertas, tantas como buzones. Pareciera que no hay nadie al otro lado, aunque del patio de luces surgen a veces voces y el sonido de la radio o la televisión.

Tras menos de un mes de llegar a nuestra nueva casa me encuentro, yo entrando y ella saliendo del edificio, con Clara, una vecina que se presenta, muy amable:

—Yo vivo en el cuarto, ¿y tú?

—Ah, yo también. En el 4.º D.

—Ah, ahí vives. Ahí vivió una señora que murió con ciento seis años.

—Me parece una buena noticia.

Clarita —«así puedes llamarme, así me llaman todos»— tiene una voz aguda pero quebrada y el pelo primorosamente teñido de un negro azulado que contrasta con su blanco cuero cabelludo.

Otro día, de sopetón, mientras yo le sujeto la puerta del portal para facilitarle la salida, me pregunta:

—¿Y tú? ¿Estás solita, hija?

La pregunta me deja muda. Para Clarita, las mujeres, porque esa es una pregunta estrictamente para mujeres, se dividen entre las que están solitas y las que no. Solita. Yo le explico muy rimbombante que no, que vivo con Gabi, mi compañero, y enseguida noto que para ella «compañero» no resuelve la cuestión «solita».

—Mi marido —corrijo, mintiendo acerca de mi estado civil—. Pero también tengo amigas. Y a mi madre, mis hermanos, mis sobrinas...

—Por supuesto, a nadie le importa la vida de los demás —miente ella, a su vez.

—No, mujer, usted pregúnteme lo que quiera.

Pero ¿qué hago yo jactándome de familia extendida frente a una mujer probable y verdaderamente solita? Pequeña. Clarita.

Se da la vuelta desde la calle una vez cruzado el umbral. En ese momento toda la luz del sol de la nueva primavera muestra la palidez agrietada de su piel, como si estuviera saliendo por primera vez en meses de su madriguera.

—¿Y ya estás embarazada? —dispara.

Entonces sí que me quedo cortada.

¿Alguien le ha contado? ¿Quién? ¿Es tal vez mi ropa holgada, que puede dar lugar a equívocos?

La dejo con la palabra en la boca y me escabullo por el rellano, la espalda erizada como un gato.

Esa misma noche, sueño por primera vez con mi padre:

Es por la tarde y es primavera, la ventana está entreabierta y la cama ligeramente elevada. Estamos en nuestra nueva habitación, pero en realidad es una especie de hospital. No ha pasado nada malo, más bien al revés. Yo estoy agotada y al mismo tiempo muy contenta. Estoy recostada mientras Gabi, que es Gabi, está de pie a mi lado dándome la mano. Hemos quedado con mi tío Luis pero él llega, como suele hacer fuera de los sueños, antes de la hora acordada, lo que en un principio me provoca cierto fastidio. Pero cuando entra en la habitación, me doy cuenta de que mi padre viene a su lado. Está en la flor de la vida, guapo y sonriente. Yo me asusto tanto al verlo que me retrepo sobre la cama y le aprieto la mano a Gabi. «Pero, papá, ¿qué haces aquí?» Y él me contesta, resplandeciente: «Si es que esto, después de todo, está muy bien».

Me despierto llorando. Gabi está a mi lado y me da la mano, como en el sueño. Luego pone mi cabeza sobre su pecho para que pueda llorar sin mirarlo. Me consuela, como lleva haciendo los últimos tres meses. Los tratados de duelo aseguran que soñar con la persona perdida es una buena señal, significa que se está haciendo un trabajo «ahí dentro». Pero yo sigo llorando.

Me calmo en parte gracias a las caricias de Gabi. Nos besamos. Y seguimos. Esa misma noche empezamos a buscar en serio. «Venga, vamos a empezar.». Me entran ganas de informar a través del patio a todos mis nuevos vecinos de que lo estamos haciendo sin condón por primera vez.

Pero sobre todo a Clarita. Vuelvo a recordar su cara pálida y agrietada.

Y luego ya no pienso en nada.

17. Ventana de oportunidad

Estoy, aunque casi me sale decir estamos, en el octavo día del ciclo y esta mañana me olvidé otra vez de tomar el ácido fólico. Desde que nos pusimos «manos a la obra», los meses se van jalonando en dos mitades claras: la previa a la ovulación, que normalmente es tranquila y en la que consigo olvidarme de que quiero quedarme embarazada, y la segunda mitad, después de la ovulación y «los deberes», en la que me convierto en un animal ansioso en busca de síntomas. En el papel higiénico, en las bragas, en mis malestares, en mis tetas hinchadas, en mi desesperación.

Después de casi treinta años teniendo la regla, me estoy acostumbrando a contar el ciclo desde el primer día de sangrado. Sangrado, ovulación, hormona, test, síntomas. Términos técnicos que abultan mi nuevo cuaderno vital de «Quedarme embarazada».

Hace unos días, Mara nos convocó en su casa a Estrella y a mí. Nada de Filmoteca, nada de bares, insistió. «También se van a conectar Alba y Aurora.»

Éramos cinco hermanas. Las Tres Hermanas no siempre fuimos tres. Alba y Aurora se mudaron a finales de la primera década de siglo, justo después del estallido de la crisis. Una a Sevilla y otra a Londres, a empezar nuevas vidas siguiendo oportunidades laborales y amoríos que, en el caso de Alba, dieron sus frutos. En Sevilla se emparejó con Jaime y tuvo a Gaspar y luego a Nora, y siempre nos confirma eso de que uno es de donde son sus hijos. Acaban de comprar una casa preciosa y se ha sacado una plaza en secundaria, aún de interina, de profesora de Lengua y Literatura, el primer empleo que por fin la ha alejado de la escasez endémica de los trabajos en comunicación y cultura, que es a lo que nos hemos dedicado todas desde que salimos de la facultad.

Aurora, por su parte, enrolada desde hace un par de años en la plantilla de BBC Mundo, tiene a Lola, de cuatro años, pero no ve claro lo de tener otro en una ciudad como Londres. «Si pudieran, prohibirían la entrada de carritos en el metro, os lo prometo.» Por no hablar de sus continuos viajes y las exigencias titánicas de sus jornadas. Periódicamente, Alba y Aurora consiguen eludir responsabilidades y conectarse con nosotras por Skype en lo que llamamos «quedar para unas cervezas digitales».

Como ahora, Mara, Estrella y yo, sentadas en el sofá frente a la pantalla que Mara ha montado en el salón —¿ocasión especial?—, saludamos ilusionadas a las caras de nuestras amigas, poco definidas por culpa de la bruma digital. Pero con sus voces altas, claras, y sus cocinas y despachos de fondo, creamos la ficción de una intimidad compartida. Desde el plano de Alba se oyen gritos de Gaspar y Nora a lo lejos.

—Ahora estoy bien pero he estado ansiosísima, en los días entre la ovulación y la regla —digo—. Ni siquiera he esperado a la ronda habitual de cómo andamos cada una para disparar.

—No te preocupes si no te apetece hacerlo esos días —me tranquiliza Alba como solo ella sabe hacer.

Ella sabe de lo que habla. La famosa obsesión, a pesar de esas miles de voces bienintencionadas que forman un coro griego hablando desde la menopausia, la tranquilidad de haber parido o la hiperlejanía de no tener útero, entonando su: «No te obsesiones». Su hijo mayor, Gaspar, tiene ahora seis años. Estuvo varios años intentándolo con Jaime.

El primer verano, justo después de los últimos exámenes, cuando pudo empezar a respirar, y teniendo programada una FIV (fecundación in vitro, también estoy aprendiendo a descifrar siglas incomprensibles) para septiembre, Jaime y ella unieron entonces sus gametos con éxito. Hoy ese día de agosto se llama Gaspar y sigue gritando en sordina desde la pantalla.

—Pero ¿cómo sabes el día exacto que ovulas? —insisto, como quien espera una revelación.

—Píllate un test de ovulación, pero hay que hacérselo nada más empezar la fase —me dice Mara, con una tranquilidad pasmosa. Algo en su actitud y cuerpo pareciera decir: «Hazme caso, sé lo que digo».

—Claro, y no cuando dice el calendario que ya estás ovulando —certifica Alba.

—Exacto, lo que mide el test es la subida de la hormona LH y no su pico —sigue Mara desplegando su sapiencia.

—¿LH?

Yo, que he permanecido todos estos años a salvo, del otro lado de la reja del colegio, pertrechada tras mi carpeta de estudiante, considerando que el reloj biológico era una construcción cultural y social —por no decir una patraña—, me encuentro ahora obligada a pasar al otro lado de la realidad. Yo, que negué la biología como condicionante supremo, me arrodillo ahora ante sus manuales y rebusco los indicios que hagan de mi cuerpo una máquina bien engrasada. Oh, oráculo del test de ovulación, háblame de la cólera de la hormona luteinizante.

—Pero ¿no te has descargado aún ninguna aplicación?

Aurora ha abierto el melón del *fertility tracking* (monitorización de la fertilidad). Cuéntale a tu *tablet* lo que no le contarías a tu mejor amiga. Lleva meses guiándose por esa *app* que ahora abre y nos muestra en la pantalla de su *tablet*.

—¿Obtener Bebé? ¿En serio? ¿Creas una aplicación y la llamas «Obtener Bebé»?

—A ver si esta te mola más: Alerta de Periodo. ¡Ahora con estados de ánimo!

—Parece sacada de un episodio de *Futurama*.

Las Cinco Hermanas, madres y no madres, estamos descubriendo a nuestros cuarenta el maravilloso mundo de las aplicaciones de color rosa, flores, animalitos y formas sinuosas.

—Love Cicles, pero ¿por qué todas son tan moñas? ¿Qué tendrá que ver el amor? —Estrella sigue mirando todo nuestro proceso con la desconfianza que le dicta su proverbial cinismo.

—Hombre, Estrella, algo puede tener que ver —respondo desde mi atalaya moral de recién enamorada.

—¿Qué mierdas harán luego con los datos? —pregunta Alba.

—Seguro que hay unos emprendedores en Denver, Colorado, forrándose a nuestra costa —sigue Estrella.

—Y son tíos, me juego el cuello. Los típicos pardillos que no han tenido novia hasta que no lo petaron con la empresa —interviene Aurora.

La verdad es que nos estamos riendo. Mara está bebiendo cerveza sin alcohol. San Miguel 0,0%, para ser más exactos.

—No, mira, esta la llevan dos tías de aquí: Woom —Estrella simula con un gesto la salida instantánea de una barriga airbag.

—¿Entonces por qué lo ponen todo en inglés? «*Tech for fertility*» —se queja Mara, como se quejaría mi madre. Ha subido el tono y me mira con cara de hermana pequeña a la que le han robado el trozo de pastel de atención—. Bueno, lo voy a decir ya, porque no me hacéis ni caso. Tengo un retraso. Tocadme las tetas. Creo que lo hemos conseguido.

Su bailecito es una mezcla entre *La batidora* y la danza de goles de Cristiano Ronaldo.

—Pero ¿cuándo os vais a hacer un test? —y quizá solo yo lo note, pero en mi voz hay miedo.

—Mañana me sacan sangre. Porque... —se acerca a una caja sobre una balda— el de la farmacia ya ha dicho SÍ.

Los niños de Alba acuden a asomarse a la pantalla al oír el revuelo. Yo noto cómo el espacio dentro de mis pulmones se hace más pequeño. Después del primer tratamiento de inseminación artificial en la pública, Nieves y Mara están oficialmente embarazadas.

Nos abrazamos. Sin darme cuenta, me ha caído alguna lágrima. Trato de secarme sin que me vean.

Mara nos pide que no se lo contemos a nadie; que hasta los tres meses no quieren hacerlo público, cuando sea completamente seguro. Claro. Tranquila. Mara. Enhorabuena. Sí, yo también estoy muy contenta. Muy contenta. Por ellas. Me levanto y voy al cuarto del fondo a buscar mis guantes y mi bufanda. Mara me sorprende en el pasillo con un abrazo sentido. Otro más.

—No sabía cómo decírtelo, Silvia. Me daba mucha cosa.

En la penumbra del pasillo iluminado solo por la luz que sale de la cocina, la cara de Mara se ve como si estuviera pintada en claroscuro. Conozco su cara casi mejor que la mía, pero hoy percibo sus rasgos más difuminados, el cuello más ancho, la piel de sus párpados más frágil; las marcas de las risas que nos hemos echado estos años han dejado ya su huella perenne junto a la boca. Hay una diminuta mancha oscura en su mejilla. Los cambios de su piel son un espejo de los míos.

—Pero si me alegro muchísimo por vosotras, Mara.

—Ya lo sé. La próxima, tú, ya lo verás.

—Nada de llamarla Valentina, que está pillado, ¿eh?

Mara cierra la puerta gritando un: «¡Prometido!». En el rellano, mientras espero el ascensor, se me escapa alguna que otra lágrima extra. Y no todas son de emoción.

Me decido finalmente por instalar la aplicación llamada Mi Cuaderno, con un gatito morado que abraza un cuaderno y una flor en el icono. «Mi Cuaderno.» Suponemos que se llama así para que nadie que cotillee el menú de tu teléfono llegue a averiguar que quieres o no quieres quedarte preñada. Gabi también se la descarga. No quiero ser la única en tener una *app* rosa en mi escritorio. Quiero que entremos de la mano en esta escalofriante nueva fase: empezar a monitorizar tu ciclo para detectar los días más fértiles y controlar cuándo tienes relaciones y cómo.

—¿Qué dice el gatito?

—El gatito dice que hemos entrado en la ventana de oportunidad.

También el gatito es emprendedor. De aquí a seis días tendremos que hacerlo como conejos.

«No, mejor un día sí y otro no, el semen es más fuerte, si no se agua.» Siglos de sabiduría popular recorren ahora mis conversaciones y mis búsquedas en la Red. Seis días follando con un único objetivo. Estoy a punto de ovular y soy una bestia, gatito.

Adquiero mi test de ovulación digital, siguiendo obediente las instrucciones de mis amigas. Pero ¿qué pasa si estoy en plena ventana de oportunidad y no detecto ni un día la carita sonriente del prospecto que indica que estás ovulando?

Mara me tranquiliza por Telegram.

«¡¡Tranqui!! A mí me pasaba lo mismo al principio, ¡no es fácil pillarle el punto! Además, la ovulación no se produce siempre en un día fijo, puede adelantarse por muchas razones. Si es que la regla tiene de regla lo que tú y yo de santas :-)»

Para carita sonriente, la de la farmacéutica que nos vendió el Clearblue, test digital de ovulación, cincuenta pavos:

—¡Buena suerte!

Pero tú no te obsesiones.

18. No pienses en un embarazo

Dos semanas después, Estrella me dice con algo de solemnidad que quiere invitarme a comer. Es tan difícil saber por dónde anda Estrella, siempre tan reservada...

Comemos en un chino muy ruidoso de la calle Embajadores que tiene una foto gigante del rey Juan Carlos con el dueño del local a la entrada.

Mientras nos sirven, le muestro la pantalla de inicio de mi móvil con el icono del cuadernito rosa de la aplicación bien visible:

—¡Ya tenemos las alertas para recordarnos los encuentros!

—¡No! ¡Si esa era la peor! —se ríe Estrella.

Yo me acerco por encima de la mesa y bajo la voz:

—Estos días me siento de semen hasta los ojos —confirmo que nadie me escucha. Es la primera vez que le proporciono a mi organismo voluntariamente este fluido, al menos de un modo tan sistemático.

—Es verdad —Estrella sorbe su sopa de *ramen* como si tal cosa—. Algo pasa cuando tienes semen dentro.

Yo la miro sorprendida, con mi rollito de primavera grasiento en la mano.

—¿Ah, sí? Estrella, ¿hay algo que me quieras contar?

—El otro día quedé para hablarlo con Nacho.

—¿Hablar qué?

Nacho es un amigo común. Él y Estrella compartieron piso durante años.

—Está en el ajo.

—Me estoy quedando sin palabras. ¿Tú te has decidido a...?

—Lo vamos a intentar.

—Pero ¿va a ejercer de padre?

—No lo sabemos aún, pero para irme a una clínica lo tengo con él. ¿Que quiero semen? A Nacho le sobra. Y adora a los bebés, eso lo sabemos de toda la vida.

—Acuérdate de lo que nos contó Mara. Las cosas se pueden complicar.

—Hay contratos, podemos firmar un acuerdo. Hay confianza, Silvia.

—Me dejas muerta, Estrella. ¿Y tus planes de irte fuera a trabajar?

—Esto es ahora o nunca. Canadá no se va a mover de su sitio.

—Bueno, ¿entonces lo celebramos? —claramente, estoy un poco confundida.

Estrella no contesta, pero chocamos las copas y las vaciamos.

—Por cierto, ¿has visto a Mara? Cómo me impactó el anuncio de su embarazo.

—A mí no, qué va. Al día siguiente estaba llamando a Nacho.

—Bueno, a la próxima, una de nosotras. Va, brindemos otra vez, ahora por nuestra búsqueda. ¡Y por tu decisión! Nacho, qué fuerte. Nunca lo hubiera imaginado.

—Pues lo tiene clarísimo. Está más ilusionado que yo.

—Igual que Gabi. Ahora está deseando.

¿Y tus padres qué dicen?

—Mientras no haya suerte, yo no pienso decirle nada a nadie. Menos a vosotras. ¿Eh, Silvita?

—Que sí. ¡Brindemos pues! Me hace mucha ilusión, Estrella.

Salgo del restaurante mitad borracha, mitad estupefacta. La ciudad me devuelve las imágenes que refuerzan mi obsesión. ¡No dejo de ver mujeres embarazadas! ¿Y yo, nosotras, seremos capaces?

Cuando empiezas a dejar entrever en lo que andas metida, en fin, a hablar abiertamente de tu búsqueda, constatas las ganas, casi diría la necesidad, que hay de compartir sensaciones con otras personas que están en la misma situación que tú. Te das cuenta entonces de la cantidad de historias ocultas que hay en torno al deseo de ser madre o de ser padres, de lo silenciosamente que se vive este estado intermedio, este umbral entre el «vamos a ello» y «aún no estamos».

¿Es por la mezcla de tabú y superstición, por la falta de vocabulario o de antecedentes en la tradición de las conversaciones? No lo sé, pero en cuanto abres la espita, la cuestión imanta. Me ocurre cuando lo comento con mis compañeras de trabajo, en cenas con amigos. Hay tantas historias de hijos no nacidos, voluntaria e involuntariamente. Tantos deseos y fobias, tantas disparidades de criterio. Tanto miedo a verbalizarlo. ¿Quizá subyace la creencia de que da mala suerte hablar de algo que aún no está confirmado, como sucede con los proyectos de trabajo? El tema es una bomba de relojería. Yo estoy sentada sobre ella. Tic-tac.

En la sala común de la redacción, en una de las pausas del café, estoy rodeada sobre todo de mujeres, algunas de mi edad, muchas de ellas menores. Algunas también ya mayores. Me gusta hablar de ello especialmente si hay algún compañero delante. Quiero incomodar. Soy el Humpty Dumpty de la fecundidad.

Igual que llevamos años pasándonos los Tampax por debajo de la mesa y haciendo muecas y gestitos de kabuki sobre nuestra regla, los consejos de fertilidad o anticoncepción no se comparten a la hora de la comida con hombres delante. Hoy he destapado un *topic* al azar: el embarazo fantasma o psicológico. Y todo un repóker de historias se ha desplegado sobre el tapete.

Los que más hablan, sorprendentemente, son mis compañeros con hijos. Todos son expertos en la jugosa cuestión de los síntomas inventados.

Jesús, de Internacional, por ejemplo, treinta y nueve, un hijo de un año, cuenta cómo su pareja, Inés, hasta llegó a tener pequeñas protuberancias en la aureola del pezón, ¡y él las vio! Ese es uno de los primerísimos síntomas de embarazo que aparece listado en cualquiera de las 680.000 entradas, aproximadamente, que Google te ofrece al preguntar: «¿Cómo sé si estoy embarazada?».

—Yo —les cuento— ya voy por mi tercer embarazo psicológico desde que empezamos.

—¿Y cuándo empezasteis? —pregunta Mel, de Economía, cuarenta y siete años, dos hijos.

—Pues va a hacer tres meses.

—Tres de tres, no está mal. ¡Bien por Gabi! —se ríe Luis, de Deportes, treinta y cuatro, sin hijos.

Marina, de Vivir Mejor, edad desconocida, sin hijos, la capitana de las cuatro fantásticas que descubrimos a la vuelta del verano que en nuestro horizonte vital y laboral se dibujaba el objetivo de «ser madre», carraspea y me agarra la muñeca antes de hablar:

—Lo curioso es que solo desarrollamos los síntomas que sabemos que pueden darse, qué sé yo: lees cansancio, y estás cansada; tetas hinchadas y doloridas, y ahí las tienes, reventonas; pinchazos en los ovarios... Tienes insomnio y sueño excesivo a la vez...

Marina está versada en esto, por lo que se establece inmediatamente una corriente cómplice entre nosotras.

—Son espejismos, hasta que la doble rayita del test demuestre lo contrario —apuntilla Edu, de Nacional, cuarenta y tres, tres hijos.

Lucía, treinta y uno, sin hijos, de Marketing:

—El Predictor se pinta de rosaaa en tu cuarto de bañooo y te dice que vas a ser madre a finales de mayoooo... —desentona la mítica estrofa del *hit* noventero de Sergio Dalma.

—Yo he llegado a tener hasta mareos, os lo juro —confieso.

—El síntoma más falso de todos —dice Marina— es el del pelo brillante y más fuerte.

Nos reímos juntas, ahora somos todas mujeres, y qué bien sienta esa descarga.

—Otro mío —les cuento a Marina y a Flavia, treinta y siete, de Tecnología, sin hijos, que se acaba de sentar al amor de la lumbre—, que más que síntoma es un exceso de prevención, es no querer coger peso, ni maletas ni bolsas, los días posteriores a la ovulación, por miedo a que el posible embrión «se suelte».

—Pero eso es porque eres una floja —se ríe Flavia.

—¿Entonces cuándo empezaste, Marina?

—Pues en octubre.

—Jolín.

Se hace un silencio, que Flavia enseguida se siente obligada a llenar:

—¿Sabéis lo que le fue muy bien a una pareja de amigas mías? Comprarse un perro.

«Cómprate una mascota» es el nuevo «No te obsesiones». Respira, Marina. Si lo hacen con buena intención... Como si nuestro deseo fuera un buzón de voz donde dejar su mensaje de aliento.

19. La idea de quedarte

Una de las pocas tardes que tengo libre en muchos meses. Voy a buscar a mi madre al metro de Delicias.

—Hacía siglos que no caminaba por aquí —me dice—. Estos eran sus pagos.

Al final de mi calle comenzaba un asentamiento enorme de chabolas, y mi padre siempre nos contaba cómo él y mi tío se saltaban a veces la prohibición de meterse en la vaguada de casitas.

Imagino a mi padre en pantalones cortos y con gafas, bajando y subiendo las cuestas del barrio, parte de una pandilla ruidosa. Por algún motivo, la escena es en blanco y negro.

—Apenas había coches por aquí, en esa época estábamos todo el día en la calle —recuerda mi madre, que no para de enlazar detalles de unas historias con otras—. La abuela me contó que en esta esquina vivía el hombre que vino a levantar el cadáver del bebé que perdió, el que nació entre tu padre y tu tío Luis.

Bebé, levantar cadáver, abuela, padre. Demasiado para mi cuerpo asustado por la amenaza de la infecundidad. Pero mi madre es fuerte, su carácter se ha curtido en la violenta posguerra, y sigue encadenando historias.

Entramos en casa. Ha venido a colgarnos unas cortinas en el salón que nos ha hecho con todo su amor y sus manos de costurera profesional.

Ahora mismo le ayuda esta suerte de terapia ocupacional. Siento como si su cuerpo se hubiera vuelto más pequeño desde que se fue mi padre, como si replegándose fuera capaz de contener la pena que se extiende dentro.

Gabi sale de la habitación para saludarla. Mi madre se sube a la escalera. Nos cuenta que este tejido es perfecto, porque deja pasar la luz pero tamiza mucho. «No dejará que os deslumbréis a media mañana.» Mientras sostengo la escalera, me pregunta si seguimos con el plan de «intentarlo».

—Sí.

Cierro los ojos, rezo para que no diga lo que creo que va a decir:

—Sobre todo, no te obsesiones. Y hasta que no te dé asco todo, no te vayas a fundir el dinero en test de embarazo en la farmacia, que te conozco.

Las madres y su delicada transparencia. En su mundo nunca existieron los embarazos psicológicos.

—Yo, en mis tres embarazos, es que no aguantaba nada: el café, con lo cafetera que soy, ni olerlo. El pescado, puaj. Un día en el mercado me tuve que sentar y todo, que me daba algo allí mismo.

Es raro hablar de esto con alguien en cuyo *interior* has estado, alguien a quien tú le has provocado *eso*. Mamá siempre me ha contado cómo lloró cuando supo que estaba embarazada de mí. Me la imagino llorando en la mesa de la cocina de la casa familiar, como una Betty Draper morena atrapada en el bluf de su vida del suburbio. Pero se parecía más a Mia Farrow. Llevaba el pelo tan corto como ella en *La semilla del diablo.* Tenía ya otras dos criaturas gateando por el suelo de la cocina y un marido viajante. Y ahora, ¿otra semilla en camino?

—¿Sabes que casi nadie te pregunta por qué quieres ser madre? ¿A ti te han preguntado alguna vez por qué fuiste madre?

—Pues no —musita con varios alfileres en la boca—. Bueno, tú, ahora. Es que en mi época no se te planteaba otra opción. Oye, ¿qué es ese ruido?

—Están de obras en el piso de al lado y abajo, reformando los sótanos.

—Pues vaya rollo. ¿Están así todo el día?

—Sí, y mira el polvo —digo pasando el dedo por el borde de una estantería.

Mi madre se ha escaqueado sin hacerme la pregunta. Ya sé que lo habitual es preguntar por la negativa. Por qué, llegado un punto, no quieres, no has querido, ser madre. Pero yo quiero que me pregunten. ¿Por qué quiero ser madre? ¿Por qué ahora? ¿Será solo porque no me queda mucho tiempo?

«No sé, desde lo de papá no pienso en otra cosa, mamá», me gustaría decirle.

Mientras ella estaba embarazada de mí, a mi abuelo se le detectó un tumor bastante agresivo que lo tuvo postrado, apagándolo lentamente. Mi madre pasó los últimos meses de gestación yendo y viniendo al hospital de La Paz. Dejando a mis hermanos, que eran muy pequeños, con vecinos y familiares, cogiendo el metro cada vez más embarazada: dos transbordos, sin escaleras mecánicas, dejar la cena preparada. Cuando yo nací, estaba completamente absorbida por la posibilidad inminente de la muerte. Mi abuelo murió a los seis días de mi nacimiento.

—Podríamos hacer algo juntas este verano, mamá. ¿Te apetece?

—Ah, ¿sabes que le he dicho a Andrés que este verano no voy a quedarme con los niños?

—Pues están a punto de acabar el colegio, mamá.

—Se lo he dicho: me quedo de abuela de guardia para lo que necesitéis, pero ¿tres meses ahora con dos niños pequeños? No puedo. Ni quiero. Yo también necesito un año sabático.

¿Los padres siempre creen que los hijos vivimos demasiado bien? ¿Mejor que ellos?

Acaba de colocarnos las cortinas, orgullosa de su trabajo, y se despide. Llamo a Gabi, que la acompaña hasta la puerta.

Nos quedamos solos, y le cuento la decisión de mi madre de librarse de su rol de cuidadora.

—Me parece bien —dice Gabi.

—Aunque debe ser difícil organizarse con el cuidado de los hijos en verano.

—Un infierno.

Nosotros, de momento, solo tenemos que aprender a quedarnos. Sin más.

Nos ponemos a ello.

20. ¿Quién se ha llevado mi libido?

En la redacción, si todo el mundo respeta y pide consejo a Marina, todo el mundo teme a Berta.

Yo también.

Y no estoy segura de que eso no le guste.

La presencia de Berta es notoria en cualquier sala, y no solo por la anchura de hombros, que delata un pasado de nadadora, un pelo hipervoluminoso y leonino, ropas anchas, cantidad de colgajos que tintinean en torno a las muñecas y la ropa, y una sonrisa desarmante. Es de esas personas que a su paso generan un extraño silencio, que cuando entran en una sala o se suman a un corrillo enrarecen la conversación. Unos se ponen nerviosos, otros desaparecen. Supongo que son los mecanismos del poder, y Berta sabe cómo ponerlos en juego: no mires a los ojos, marca una postura desinteresada, eleva la voz un poco más que los demás.

E intuyo que su actitud es más efectiva con las mujeres que con los hombres. Pero son solo intuiciones. No quiero pensarlo demasiado, para no caer en el paroxismo de lo que Berta ha dicho o ha dejado de decir o de mandar en la redacción. Me parece tóxico y estéril. Al principio intenté congraciarme con ella de los modos más infantiles, sonrisa constante, ideas para artículos pensadas para complacerla, sin ningún éxito. Hasta que comprendí que no la iba a engatusar tan fácilmente. Entonces me limité a hacer bien mi trabajo. Y sirvió, Berta sabe valorar lo que está bien hecho.

Pero hoy me dice que no blandiendo un lápiz en torno a mis ojos, con su habitual gesto de superioridad, barbilla elevada, labios fruncidos. Acabo de sugerirle la maternidad como tema para una serie de artículos. Más bien la odisea de quedarse embarazada. Le cuento que, como estoy en ello, estoy investigando mucho el tema.

—Esas cosas de la maternidad déjalas para tu escritura.

«Mi escritura.»

«Maternidad.» Mi detector de misoginia se despierta, pero lo acallo.

—Se podría enfocar de muchos modos —insisto—, con perchas diversas relacionadas con la actualidad: Ley de Reproducción Asistida, maternidad subrogada...

Berta es inflexible. Simplemente, se da la vuelta.

Flavia, que ha estado escuchando, me amonesta a la salida:

—Te podrías haber ahorrado la parte autobiográfica de las propuestas.

—¿Por?

—Están a punto de meter a gente en plantilla. No estoy segura de que esa información no afecte a tus opciones en cualquier proceso de selección.

Marina nos alcanza por detrás y me dice que no me preocupe. Me invita a un café, pero no en La Fragua; sugiere que caminemos un poco, a un lugar más retirado.

—El cortisol es malísimo para nuestro proceso. Anótatelo.

El cortisol es la hormona del estrés y Marina es seis años mayor que yo, por fin lo he sabido. En su caso la urgencia es perentoria, y su deseo, un desafío a las estadísticas de natalidad. A pesar de que, según los tratados ginecológicos, sus cuarenta y seis años marcan el fin de la edad fértil de la mujer, ella se ha lanzado a investigar con el estilo concienzudo que la caracteriza qué método de los disponibles en la industria reproductiva podría ser efectivo para casos como el suyo. Queda descartado poder pegarse dos años de búsqueda natural, por ejemplo.

—Seré una abuelita.

También he sabido que Marina tenía, o tiene, un novio de extralarga duración, Max, que nunca ha querido tener hijos. Hasta hace poco, eso no era un problema; de hecho, su identidad de no-padres daba muchísima solidez a su tipo de vida y de pareja. Pero cuando el *Kinderwunsch* de Marina llegó como una tromba, las esclusas de su estabilidad reventaron. Su chico ha llegado a la conclusión de que este asunto es jurisprudencia exclusiva de Marina, que él no tiene nada que decir y por lo tanto que hacer.

Pienso en Gabi, con su *app* del gatito en el escritorio del teléfono, y me siento muy afortunada.

Marina y yo compartimos ahora un objetivo vital, además de reuniones y umbrales de impacto que debemos superar cada mes con nuestros artículos, marcados, claro, por Berta, quien seguro que también disfruta siendo la jefa de una mujer tan solvente y mayor. Intuyo que Berta debe de rondar los treinta y ocho, casi diez menos que Marina.

Hoy acabamos hablando, en concreto, de sexo. De follar. No de tumbarte a esperar a que suceda la descarga.

—De esto nadie te habla —digo.

En realidad sí; los foros y los libros sobre reproducción tienen avisos al respecto: «Trate de no programar en demasía las relaciones. De este modo, evitará la desgana en la que se acaba cayendo con el sexo programado para la reproducción».

—Nosotros —confieso—, desde que empezamos a programar, estamos asexuales. Yo, más bien. Fue más o menos paulatino, después de los primeros blufs con las llegadas de la regla, decepciones, peleas, embarazos fantasmas...

—Yo, si lo llego a saber, dejo de tomarme la píldora hace seis años, cuando disfrutaba como una loca.

Sí, el sexo instrumentalizado evapora la libido. El propósito anula la maravillosa capacidad de pérdida de tiempo y la de fin en sí mismo que tiene el sexo. El productivismo y la planificación han conquistado también nuestra cama, el calendario, la probabilidad, la optimización de recursos, la postura adecuada, el juego es siempre a ganar. Al principio, todo en el proceso es novedoso, y con ilusión nos dedicamos a alimentar con datos al gatito de nuestra *app:* primer día del ciclo, duración del sangrado, síntomas, estado de ánimo, relaciones con o sin protección. Pero poco a poco, ciclo a ciclo, nos empezamos a sentir cada vez más como un matrimonio aburrido que vagabundeara por la Planta Fertilidad de El Corte Inglés durante los seis días mágicos. La clave de la posible fecundación, los malditos días fértiles, consigue cargarse también las migajas de ganas de sexo que te quedan al final de una jornada de trabajo multitarea y con grandes dosis de cortisol.

Antes de la entrada en el túnel de las dudas sobre nuestra (¿mi?) fertilidad, Gabi y yo nos jactábamos de tener un sexo igualitario: un sexo no necesariamente centrado en el coito, con menos tensión competitiva y menos roles establecidos. Digamos que los polvos donde la penetración estaba en segundo plano eran la tónica habitual de nuestro sexo. Había polvos muy buenos sin orgasmos y orgasmos sin eyaculación.

Hasta que llegó el mandato de la reproducción.

Muy bien todo eso de la nueva masculinidad, chicos, pero el semen debe entrar hasta el fondo de la vagina, donde le espera la boca del cuello del útero, abierta.

Muy gráfico.

Me agarro con fuerza al fetiche de la penetración.

De golpe, solo me interesa el sexo durante la época fértil.

Así es como se cuelan el silencio de la frustración, las broncas después de abandonar y volverlo a intentar, corre, sube las piernas, ponte dos almohadones, como vimos en aquella web.

Hay días que la tensión nos sirve y nos calentamos y «lo logramos».

Un día, después de follar, mientras yo me recogía las rodillas sobre el pecho, vimos un vídeo de animación hiperrealista en YouTube, *El milagro de la concepción.* ¿La música? La banda sonora de *Carros de fuego:* hay que llegar hasta el final.

Un domingo cualquiera, por la mañana, toca inseminación casera, que es casi como podríamos llamar a nuestro nuevo tipo de sexo. El aire de nuestra habitación resulta cada vez más irrespirable. Al final de nuestros encuentros ya no olemos a sexo, sino a reproducción.

—¿Y si esta vez tampoco funciona, Gabi?

—Pues será a la próxima. Vamos a tener un hijo, ya lo verás.

—Además, desde que murió mi padre estoy totalmente apática.

—Supongo que es normal...

—¿Sí? No sé, parece escrito por Freud. Te estoy metiendo en un lío, Gabi...

—Me he metido yo solo. O juntos, más bien.

—¿Estás seguro de que quieres seguir adelante? ¿No preferirías una evolución de pareja normal? No sé, empezar a tener hijos cuando ya nadie se soporta y te aburres... No así. ¡Aún nos estamos conociendo!

—¿Y tú? Me está sonando a que eres tú la que duda ahora...

—Ay, no sé. Antes todo era más fácil.

—¿Antes de qué?

—Antes de todo.

Mientras, ahí fuera, todo el mundo sigue teniendo consejos para repartir. «Salid de vacaciones.» «Trabajad menos.» «Mandad a la mierda la aplicación.» «Olvidaos.» Nuestra cama cada vez pesa más. La fantástica cama que compramos a plazos. Antes, los días festivos solíamos dedicarlos a no salir de ella. Ahora, en primer lugar, interrogamos al gatito para ver si sí o si no antes de emprender cualquier movimiento. Hoy, después de darle de comer al gatito, dormimos hasta las tres.

Esa misma tarde me la paso haciendo empanadas para invitar a cenar a Mara y a Nieves. Nieves trabaja en un estudio de arquitectura y han quedado en pasarse a darnos algunas ideas para organizar la casa.

Cocinar como si no hubiera mañana, de repente, me entretiene y me ayuda a no pensar.

Frente a una fuente imponente de arepas, les cuento que, para compensar mi neurosis prenatal, me estoy empapando de literatura científica y ensayos. Se los enseño: *El deseo de ser madre, Quedarse embarazada, Convertirse en madre, En tierra fértil...*

Mara, en cambio, *supo* con exactitud cuándo se había quedado embarazada.

—Íbamos con poca esperanza... Y aun así, a la primera.

Nieves y ella se agarran las manos. Yo sonrío, tratando de ser generosa y sobre todo conteniendo mis demonios interiores. Las amigas y conocidas que presumen de haberse quedado «a la primera» están en el pódium de los tres tópicos más odiados en la reñida competición de «Cosas que no hay que decirle a una mujer que quiere quedarse», después del homérico «No te obsesiones» y la historia de la parejita conocida que hasta que no *se relajó,* no se quedó.

Por favor.

Mara nos explica cómo es su ciclo, y yo cómo es el mío. Después de más de veinte años siendo amigas, Mara y yo jamás nos habíamos contado cómo son nuestros ciclos.

—Pero, en serio, ¿no os parece un atraso bestial que ninguna técnica sea capaz de detectar con certeza si se ha producido un embarazo o no antes de los diez días posteriores al feliz coito o inseminación?

—Silvia, te tienes que relajar un poco.

Lo ha dicho. Lo ha dicho Nieves. Y Mara ha asentido. No lo puedo creer. El suelo de hielo se agrieta y mi iceberg comienza a alejarse de la mesa, de la cena, de este salón, de mis amigas.

Mara y Nieves han venido a tranquilizarme desde el otro lado. ¿Por qué no he invitado a Estrella para despiojarnos de nuestras obsesiones en soledad?

La charla se va apagando y las empanadas se acaban. Mara dice que tiene que levantarse pronto mañana.

—Os acompaño a la puerta.

Besos fríos de despedida. Antes de irse, Mara me pasa el contacto de la doctora Alegre, su ginecóloga. Alegre, vale, muy oportuno.

Y es que nadie, aparte de Marina, Estrella y todas las demás competidoras virtuales de esta carrera cíclica, podría comprenderme hoy.

Necesito más aliento para seguir corriendo. Me estoy debilitando, y en parte porque también sé que hay algo de verdad en la necesidad de tranquilizarme que me aconsejan Nieves y Mara.

Por esta vía del control intelectual del proceso puede que tampoco llegue a buen puerto.

Es entonces cuando decido estrenar mi pequeño escritorio de la habitación del final del pasillo. El reloj de mi padre junto al flexo.

Abro el ordenador, me voy directa a mi página de Facebook y empiezo a escribir en la cajita de «¿Qué estás pensando?».

Una vez más, lo que me salvará de todas las obsesiones será la escritura:

«Estoy sola. Pero también enfadada. Muy enfadada, conmigo, con la educación y con la clase médica. De todas las historias que me han contado la ciencia y su hermanastra la tecnología, hay una que me hubiera gustado comprender desde el principio. Su título: *Mi cuerpo y la reproducción.*»

21. El cuento de los huevitos Kinder

«Mamá, ¿pensarás en una sorpresa que sea algo nuevo, un juguete y un chocolate?», decía un anuncio de Kinder cuando yo era pequeña. Y vaya si me llegó la sorpresa.

El verano de mis once años, un día que tenía que ir a la piscina, unas manchas marrones aparecieron en mis bragas, cambiando de golpe y porrazo para siempre la relación —ya de por sí difícil— que tenía con mi cuerpo. Mi madre me interceptó las bragas en la cocina, de camino al cesto de la ropa sucia del lavadero.

—¿Y esto qué es?

Me llevó de la mano al baño, abrió el mueblecito blanco que había debajo de la pila, sacó una compresa —enorme—. Cómo coño iba a meter eso en mi bañador nuevo, naranja y con dibujitos de piñas; pero, claro, peor era llevar manchas rojas o marrones.

—Mamá, ¿no me puedo quedar hoy en casa?

—No. Con la regla puedes hacer todo.

Todo.

Mi abuela me dio una propina, mi tía me felicitó por teléfono, mi padre ignoró, incómodo, la situación, yo lo oculté a mis amigas del cole (¡seguro que era la primera!). Me encarrilé así, sin pretenderlo, en la tradición de las conversaciones en penumbra, no se lo digas a nadie, no se lo digo a nadie, me ha venido. Cocinas, habitaciones con las persianas bajadas, cajas misteriosas, puertecitas secretas en el baño: ¿ese era el reino al que se accedía por haber manchado unas bragas?

Lo que yo hubiera necesitado, en vez del acceso a compuertas ocultas, habría sido un anuncio del Ministerio de Sanidad, tan tonto y claro —incluso tan meloso— como el de los huevos Kinder, que me explicara que de ahí en adelante, y durante unas cuantas décadas, algo llamado ciclo se armaría y se desarmaría en mi interior cada veintiocho días. O mejor, me hubiera gustado tener textos explicativos bien a la vista en la biblioteca municipal. Buenos cuentos. No esas historias de fecundación en las que un espermatozoide con un casco de corredor de carreras y un óvulo con un ramo de novia se casan.

¿Cuántas veces hemos leído que la regla no es sino un «fracaso», negación e imposibilidad de otro ciclo? Por pedir, me gustaría que este cuento lo hubieran escrito para mí Christine Nöstlinger o Roald Dahl.

A los once años me convertí en mujer. O así me lo dijeron. Convertirme en mujer significaba poder tener hijos. De pronto, mi vida se relacionaba con el fenómeno de la fertilidad y la capacidad reproductiva.

A los once años.

Así, de golpe, adquiría una identidad que me separaba de mis hermanos y que estaba envuelta, además de en secretismo, en dudas, lagunas, misterios y peligros. Sin duda, un buen material para un cuento. De terror. De eso hace ya casi treinta años. Y en todo este tiempo tampoco he avanzado mucho por mi cuenta. Leí *Luna Roja,* el libro fundacional de Miranda Gray, y aunque aprendí varias cosas, salí espantada del tufillo esotérico que se empeñaba en vincular mi feminidad a la tierra, el cosmos, el yin, la luna y las flores. Vale. Dejé de usar el eufemismo «estar mala» y me obligué a decir en mi casa y más tarde en el trabajo «tengo la regla». Incluso aprendí a comentárselo a mi padre, y a mis parejas. He tratado de desenmascarar el silencio cada vez que he podido, enfrentándome a la inexistencia de vocabulario y a los lugares comunes.

Nada de eso me impidió vivir la regla como una maldición, por sus incómodos síntomas y efectos. Hasta que he querido quedarme embarazada. Sí, señoras y señores, un aplauso para mi sentido del *timing*. Gracias. Una serie de intentos fallidos, achacados en principio a mi edad, me llevaron a admitir el absoluto desconocimiento hacia mi sistema reproductor y el fenómeno de la concepción. Sabía explicar bastante bien el funcionamiento de un corazón, de los pulmones y hasta de la compleja sinapsis. Sin embargo, desconocía qué pasa exactamente en mi cuerpo cada veintiocho días, con la puntualidad de un reloj suizo.

Si hago cuentas, he tenido la regla trescientas cincuenta y seis veces a lo largo de mi vida, y si me hubieran preguntado hace seis meses en torno a qué día ovulo, no lo habría podido decir.

O qué sucede en cada fase del ciclo, o qué contiene exactamente la sangre de la regla. No. Conozco mucho mejor el funcionamiento del algoritmo de Facebook, de la Liga Endesa de Baloncesto o de los huesecillos del oído interno. El porqué es claro: todo lo que rodea a la salud y el cuerpo de la mujer, a la cultura asociada a su género, está devaluado. Pero peor que la devaluación es la negación. Más allá de la subcultura feminista, el ciclo permanece oculto, envuelto en nieblas de oscurantismo o disfrazado por anuncios *cool* con regla inodora de color azul y señoras de color rojo que vienen a visitarte.

Desde aquel descubrimiento, he estado estudiando: el funcionamiento del útero, de las trompas de Falopio y de los ovarios. Y he aprendido, por ejemplo, que lo más difícil no es la tan comentada jugada de la fecundación, óvulo conoce a espermatozoide, sino la correcta anidación de esa nueva célula fecundada. Ese momento fatídico se produce el sexto día a partir del momento de la fecundación; es entonces cuando el embrión fecundado debe agarrarse en el endometrio cual mejillón en la mejillonera. Solo así podrá continuar con la gran aventura de la vida.

Sí, sabemos mucho más sobre cómo no quedarnos embarazadas que sobre cómo quedarnos. La sabiduría acerca de la anticoncepción es el valioso fruto de la lucha histórica del feminismo. Pero para la otra batalla, la del conocimiento de nuestro cuerpo, la de la salud reproductiva, nos hemos quedado con las fuerzas mermadas.

Para mujeres como yo, supuestamente formadas y con cierta trayectoria feminista, ha tenido que llegar este viaje de la búsqueda fallida de un hijo para constatar nuestra absoluta ignorancia. En estos primeros meses de investigación me he visto explicando a muchas de mis amigas (también formadas, también feministas) cómo y cuándo se suele producir la ovulación, cuál es el procedimiento exacto de la fecundación o qué es el endometrio.

Pienso en las mujeres que se quedaron embarazadas siendo técnicamente vírgenes (conozco a dos), pienso en las ovulaciones espontáneas que se producen a veces durante un buen orgasmo (mi animal mitológico favorito), pienso en los ovocitos dormidos despertando y peleando entre sí para ser el óvulo elegido (esta competencia nunca nos la cuentan), pienso en óvulos marchitos haciendo su camino a través de las trompas de Falopio (Gabriel Falopio fue un anatomista italiano del siglo XVI y el primer descriptor de las trompas que llevan su nombre) sin haber podido ser fecundados, en todos los embarazos no llevados a término (y silenciados), en todas las preguntas y conversaciones que no nos animamos a tener públicamente: ¿te duele?, ¿follas con la regla?, ¿y practicas sexo oral?, ¿tienes endometriosis?, ¿te contagiaron el virus del papiloma?, ¿tardaste mucho en quedarte embarazada?, ¿a qué edad te llegó la menopausia?, ¿cuándo tuviste tu primera regla?, ¿cómo les hablas del ciclo a tus hijas o sobrinas?, ¿y a tus hijos?, ¿has abortado alguna vez?, ¿cómo fue, cómo lo hiciste?, ¿duele la punción de la fecundación in vitro?, ¿lo harías por ovodonación?, ¿te han hecho una histerectomía?, ¿lo harás sin pareja?, ¿cómo haréis para conseguir el esperma?, ¿quién de las dos se quedará embarazada?, ¿sabes el día que ovulas?, ¿cómo lo sabes?, ¿has donado óvulos alguna vez?, ¿cuánto te dura la regla?, ¿usas copa, tampones o compresas?, ¿cómo viviste el hecho de no poder ser madre?, ¿desde cuándo sabes que no quieres serlo?, ¿cómo viviste la menopausia?, ¿y tu primera regla?

Si la información es poder, ya sabemos lo que es el silencio. Por eso este año ya sé qué voy a pedir a los Reyes, además de un bebé: ese cuento-manual explicativo, como el de los huevitos Kinder, para la niña que descubrió un día de verano una mancha en sus bragas.

La entrada se ha escrito sola. Respiro. Busco una imagen en Pinterest —descarto motivos florales y tonos rosáceos—. Hay una ilustración que me gusta: una chica cuya edad es difícil de precisar, podría tener doce o tener cuarenta, mira el cielo azul, pero la mitad de su rostro está en sombra. La añado y le doy al botón de publicar en mi página de Facebook. Hecho. Mensaje lanzado al mundo.

22. Al Jardín de las Delicias

La primera vez que entré a casa de Clarita fue un día de muchísimo calor, justo antes de las vacaciones. «Vacaciones» es la manera optimista de llamar al lapso entre el fin del período de colaboraciones pautadas durante el curso y el fin del desierto informativo veraniego.

Estoy saliendo en dirección a la farmacia a comprar repuestos del Clearblue para el viaje cuando me encuentro a Clarita peleándose con sus propias llaves junto a su cerradura.

¿Qué pensión cobrará Clarita? Lleva un mandil encima de la ropa. Siempre. Para hablarme levanta el cuello como la tortuga Morla.

—Hola, bonita.

—¿Le puedo ayudar?

—No me dejan en paz, hija.

Se refiere a sus cataratas, se dirige a ellas del mismo modo que hace con sus cálculos biliares y sus nudillos artríticos, como si fueran sus compañeros de piso.

—Es que vaya con el invento —le digo mientras doy una carrerita estúpida hacia la mitad del pasillo para que me detecte el sensor de luz.

Meto la llave y abro. El olor dulzón de las flores me golpea: el tanatorio.

Clarita me saca del recuerdo empujándome levemente a través del pasillo; me está invitando a conocer su casa, que tiene la misma distribución que la mía. Mientras compruebo que no hay ni un solo mueble de Ikea en toda la casa, me sorprende la selva de plantas que pareciera querer comerse el salón. Me pregunto si le importaría que le dejáramos la *Calathea* durante nuestra ausencia. Porque intuyo que para Clarita el concepto vacaciones estándar tampoco es muy útil.

—¿Le importaría cuidarnos una planta mientras estamos fuera? Es la única que tenemos. Mi padre murió en enero y la compramos el día que volvíamos del...

—Ay, con lo mal que se pasa, criatura. Pues claro que sí, me la traéis cuando queráis. Tengo yo mano para las plantas. No tenéis niños vosotros, ¿no?

—No. Pero justo lo estamos intentando.

—Pues, oye, dicen que el cambio de agua es bueno para quedarse embarazada. Yo me quedé del mío en una excursión a los lagos de Covadonga. ¿Has estado en Covadonga?

Me empiezo a agarrar al clavo ardiendo de la superstición que me ofrece Clarita, quiero creerlo todo.

—No me diga. Pues a ver si el agua de Portugal hace efecto.

—Bueno, hija, no os preocupéis, si tú eres muy joven...

—No se crea, Clarita, ya tengo cuarenta años.

—¿Qué me estás contando, criatura? Eso no puede ser. Si es que ahora parecéis todas unas chiquillas. ¡Uy, no, madre, eso ya es muy tarde, tenéis que quedaros rapidito, rapidito!

Me agarra del brazo con su mano nonagenaria y estira el cuello hacia mi oído en modo confidencia. Baja el tono de voz.

—Margarita, la vecina que vivía en vuestra casa, era una machorra.

Remata el levantamiento del secreto vecinal con una palmada en mi antebrazo. Informe desclasificado: lesbianismo en el 4.º D. Me producen mucha ternura el chivatazo y el brillo picarón de su mirada. Pienso en la soledad tropical de Clarita y en su hijo, que no va a venir ni para llevársela unos días de vacaciones para que esos ojos sigan viendo algo de mundo más allá de estas cuatro paredes.

Pero pronto noto algo en su mirada que anula mi ternura: esa especie de obcecación con que «las cosas son como son». Escondo el test de ovulación que llevo en la mano. ¿Cómo explicarle a esta señora que ahora existen test digitales que detectan las hormonas en la orina?

—Hale, pues me bajo a la farmacia, Clarita. ¿Quiere que le suba algo?

—No, si es que antes, cuando me has ayudado a abrir la puerta, yo iba también a la calle, lo que estaba era tratando de cerrarla.

Me río y me despido, vuelvo a cerrarle la puerta de casa y bajo las escaleras dando saltos de tres.

Clarita me sigue a kilómetros luz por el rellano, camino de una de sus dos grandes excursiones del día. La primera es esta: bajar a abrir el buzón —Clarita tiene una relación con el correo postal parecida a la que nosotros tenemos con el *mail*—; la otra será más tarde: bajar a tirar la basura.

Al salir de la farmacia me siento a tomarme una caña en la terraza de El Infinito, uno de nuestros bares de cabecera del ya cada vez menos nuevo barrio. Mientras leo el prospecto con las gafas de sol puestas y el sol torrándome las pantorrillas, me acuerdo de mi madre. Haberme comprado otro cartucho de esta «prueba de ovulación Clearblue Digital, con una precisión del 99 por ciento en la identificación de sus dos días más fértiles» es otro paso para abandonar esa habitación confortable donde mi madre me visualiza, bajo un neón fucsia que reza: «Me encanta tu vida».

La última curva de esa supuesta buena vida me había traído hasta esta terraza del paseo de las Delicias, desde la que veo ahora nuestro balcón. Y solo de verlo, me pongo tan contenta que me dan ganas de tomarme otra cerveza y darles crédito a todos los síntomas fantasma de este nuevo ciclo: migrañas, insomnio, hambre... Me pido un botellín sin alcohol, por si acaso, mientras espero a Mara.

Mara llega tarde, como es habitual en ella. La veo bajar surcando las terrazas de la calle, cargando esplendorosa su bombo de veintiuna semanas.

Está más pelirroja que nunca y su boca parece a punto de estallar. ¿Es posible que ya tenga morritos de parturienta? La nariz llena de pecas y los labios bien de carmín. Parece un zepelín de lo mucho que ha engordado, un zepelín irresistible al que dan ganas de apretar.

—Ay, mi espalda —se queja al sentarse y pide una Coca-Cola Zero.

—¿Cuándo piensas dejar de trabajar, Mara?

—En la revista me quieren dar la baja por lo de la ciática, pero es que te juro que cuatro meses más en casa con esto *in crescendo* y me da algo. ¿Qué tal está tu madre?

—Viviendo su duelo. Se ha negado a cuidar de mis sobrinos en vacaciones.

De su gran bolso de cuero salen un montón de tiras de detección de la ovulación. Hemos quedado para esta entrega de *stock*.

—¿Esto cómo va? Es que, Mara, o no ovulo todos los ciclos, o no lo pillo —sacudo la cajita de cartuchos que acabo de comprar—. No hay modo de que saque la carita sonriente aquí...

—Nada, nada, deja el Clearblue. Es un timo. Estas son tiras mágicas, todas las amigas que las usan se quedan.

—¡Ay, ojalá! Aunque, ¿sabes?, estoy con unos síntomas otra vez, me tenía que haber venido esta mañana y nada...

—Bueno, pero espérate al menos a tener dos o tres días de falta. No entres en barrena.

¿Soy yo o Mara está empezando a gastar conmigo la suficiencia endémica con la que me mira todo aquel que ya ha dejado atrás la zona de su ansioso *Kinderwunsch*? Mara, ¿con la de neuras que te he aguantado yo todo este tiempo?

—¿Cuánto te doy por esto?

—¡Es un regalo, mujer! Si no, no funciona. Superoferta en Amazon, además.

—Joder, pronto ofrecerán vientres de alquiler en Amazon.

—De eso quería hablarte.

—¿Te me ofreces como madre subrogada? ¿Os lo habéis pensado mejor?

—Lo que publicaste en Facebook de los huevos Kinder. Me encantó. Tendrías que hacerte una página, un blog, algo...

—¿De qué?

—De esto —se señala la barriga—, y de toda la chicha gore asociada: los cambios del cuerpo, la odisea de quedarte, hasta dónde está dispuesta a llegar la gente para preñarse...

La gente. Esa gente. Yo.

—Estoy tratando de sacar en *El Papel* una pieza sobre las demandas, como la vuestra con Women's Link. Ah, por cierto, ha sentado precedente para aceptar a mujeres solas y parejas de lesbianas en sus programas de fertilidad.

—¿No has sacado algún otro artículo sobre abogadas feministas, Silvia? Nah, yo digo hablar desde ti. Exprimir todos tus fantasmas.

—Gracias.

—Cuando digo los tuyos digo los míos, los de Estrella... Estamos muchas en este ajo. Yo te digo que te lo plantees.

—¿Tú me echarías una mano? ¿Prestándome... experiencias?

—Bueno, claro, por qué no. Pero me citas, ¿eh? Que nos conocemos.

Se levanta con algo de dificultad y deja cinco euros en la mesa, sin darme opción a invitar.

—Me voy, tengo una reunión a las tres y ya sabes lo que tardo en llegar a los sitios con mi pierna de muñeca Barbie. ¿Qué tal Gabi? Os vais mañana, ¿no? Oye, en serio, tú sigue escribiendo, que se movió un montón aquello, lo compartió muchísima gente.

—También comentaron muchos *trolls*.

—Buah, ni caso. Hoy no eres nadie sin una buena cohorte de *trolls,* querida.

Las tiritas para detectar la ovulación siguen esparcidas en la mesa. Las voy recogiendo una a una hasta montar un pequeño haz, busco una gomita en el bolso, todo con mucha parsimonia. Ni siquiera le he dado las gracias a Mara por las tiras. ¿Serán mágicas de verdad? Pero al volver a casa compruebo que he empezado a manchar.

De vacaciones, decepcionados otra vez y con la regla.

23. El día D

La sucesión de campos secos se agita desde las ventanillas del coche, despidiendo la tensión y la impaciencia alojada en nuestra casa, en nuestra ciudad, en nuestros cuerpos. Cruzamos en línea recta hasta Portugal con el reluciente y mágico kit de tiritas de ovulación bajo el brazo y un saquito de cenizas en la maleta. Mi madre nos ha propuesto a los tres hermanos que esparzamos las cenizas de mi padre por rincones del mundo que a él le gustaron o le hubiera gustado conocer. Ha confeccionado pequeños sacos con tela de arpillera, a veces áspera pero siempre confiable, como ella misma.

Llegamos a Lisboa con la devoción de los creyentes; tenemos ganas de relajarnos y de dejar el tic de contar días con las manos. Aun así, todo parece irse de vacaciones menos nuestra ansiedad y nuestro deseo. En la primera semana, casi todas nuestras conversaciones giran alrededor del tema y las cien variaciones sobre su posibilidad y su imposibilidad. A partir del octavo día nos proponemos jugar a lo que de verdad somos, una pareja reciente en su primer viaje de vacaciones de verano. Sí, vacaciones, uno de los fetiches de la pareja burguesa —la modalidad social más aceptada cuando decidimos montar una familia— y de la búsqueda de embarazo.

Al final, casi conseguimos apartarnos del tema y estirar la estancia hasta los quince días. Como casi todos los seres humanos estresados del mundo, en Portugal logramos bajar y bajar y bajar hacia una línea mucho más agradable del vivir. Sintra, Setúbal, Estoril, Cascais. Y en la casita en la Baixa que nos ha prestado una amiga de Leila, el mismo día que el gatito nos ha chivado por el móvil que estamos en «El día D», consigo sacar las dos rayitas de ovulación en una de las tiritas mágicas. Con dos copas de *vinho verde* en el cuerpo, lo hacemos durante un par de días como conejos, como en aquella canción de los Magnetic Fields: «*Let's pretend we're bunny rabbits until we pass away...*».

Al volver a casa, en Madrid, la aplicación de la *tablet* nos recibe con otra alerta: efectivamente, hemos pasado el inicio de la fase ovulatoria en plena temporada alta de sexo fértil. Acto seguido aprendemos, vía internet —ese delirante vademécum abierto de par en par—, que gracias a la asombrosa capacidad del moco cervical para mantener vivos a los espermatozoides entre tres y cinco días, puede haberse dado el caso de que, justo cuando la ovulación se haya producido, unos cuantos millones de espermatozoides hayan estado ahí, haciéndole la ola al óvulo ganador, saludando al huevo abanderado del desfile de las olimpiadas de la fertilidad.

Antes de aterrizar en el abismo de ansiedad relacionado con la parte *the final countdown* del ciclo y mi búsqueda de síntomas, recibo una llamada de Marina.

Extraño, Marina es de las que jamás llaman.

Su voz parece menos firme, titubea.

—Marina, ¿estás bien?

Me pide que la acompañe, en medio de este Madrid desierto de amigas, a hacerse «la transfe». Ha decidido tirar para delante sola.

Así me lo dice, sin más información: «La transfe». No sé si es un código para despistar a Max, su compañero, o es el nombre técnico en la jerga de la RA (reproducción asistida).

Acepto, claro. Me muero por visitar el Templo de la Fertilidad.

Una hora más tarde veo a Marina esperándome al final del andén de la estación de Cercanías de Aravaca. Su cuerpo menudo, que por cierto está más relleno, espléndido, la media melena oscura y brillante: nadie diría que tiene la edad que tiene; la fórmula del reloj biológico de Preciado daría un muy buen resultado para Marina.

Pero también noto una vulnerabilidad nueva en su estampa. Tengo unas súbitas ganas de protegerla. Me aproximo taconeando con las sandalias de suela de madera. Yo, en cambio, refuljo gracias a la alegría posvacacional y a mi convicción secreta, una vez más, de que estoy embarazada. Esos polvos de Portugal no han podido caer en saco roto. Eran polvos mágicos.

Al llegar a su altura, no me puedo contener y le doy un abrazo. Y ella, sorprendentemente, se deja. De pronto parece tan pequeña como ha sido siempre.

En el camino a la clínica me cuenta que la que se está hartando es ella. No de polvos mágicos, sino del «aquelarre químico». Según le han dicho sus médicas, conseguir parar la ovulación natural de Marina ha sido difícil como un juego de escapismo.

Sentada en la lujosa habitación de la clínica, me cuenta el ritmo de ingesta de hormonas que lleva su cuerpo. Parches, pinchazos, cápsulas. El objetivo de la odisea: modificar el ciclo para poder manipularlo cual mecanismo de relojería. Los efectos secundarios son visibles: Marina lleva semanas hinchada, calcula que ha debido de engordar unos cinco kilos. Pero peores son los invisibles: mucha irritabilidad y angustia.

Y el miedo, que va de suyo.

El edificio es enorme y aséptico. Podría pasar por alguna de las dependencias centrales de Microsoft si no fuera por la cara de tensión de las parejas que hay dentro. Y eso que estamos en pleno agosto. Todas las empleadas, mujeres, sonríen; son muy amables, pero de verdad, no en plan falso como las de las franquicias dentales. Hay folletos estratégicamente dispuestos con fotos satinadas: parejas diversas —la industria no puede ser homófoba—, mujeres preñadas y bebés. Que también sonríen.

Todas estas madres no irradian juventud, tienen arruguitas y formas redondeadas, como diciendo: es posible, pasa, estás en el lugar correcto. Como en un Harrods de la fertilidad: tenemos el producto adecuado para ti, da igual tu patología o condición.

Miro mis piernas morenas y me automotivo, como si de pronto, afectada por los rayos gamma de las vacaciones, poseyera algún tipo de poder que me susurrara al oído: «Tú no necesitarás ninguna de estas técnicas». El verano está de mi lado. Aun así, me lleno el bolso de folletos.

Nos hacen pasar a la sala de «biología». El biólogo joven y pardillo que trabaja en pleno agosto nos recibe con su mejor cara.

Se respira un aire de solemnidad en cada gesto: el crujido de la bata de papel sobre el cuerpo de Marina, mi extraña presencia en la sala, la cantidad de focos encendidos y un pequeño detalle en el centro: el gran potro ginecológico. Se me cruza la imagen de un veterinario metiéndole el brazo hasta el hombro a una yegua.

Pero el biólogo está emocionado con lo que dice que es «un embrión guapísimo». Todo es halógeno, azul y metálico a su alrededor.

Entonces entra resuelta la ginecóloga:

—Ya estamos aquí, ¿eh, Marina? Por fin, ya verás qué rapidito.

Sube la calidez de la escena con su piel también tostada y su fingida despreocupación. Habla constantemente, con esa cantinela llena de diminutivos que usa la clase médica con las mujeres. Además de mantenerte infantilizada, quieren que no pienses demasiado en que, casi acto seguido, te van a meter un embrión por la vagina hasta depositarlo al fondo del útero con la ayuda de una cánula que sin duda te asustaría, querida e inconsciente Marina, si pudieses ver su longitud desde donde yo me encuentro. La doctora lleva un gorro de quirófano estampado que haría sombra a cualquiera de los protagonistas de *Anatomía de Grey*.

Yo, por supuesto, me he acercado previamente a ver la ampliación en pantalla del futurible cigoto de Marina. El biólogo me cuenta que es un embrión criopreservado, que ha sufrido congelación. Me debe de tomar por la segunda madre. Una morena y una rubia. Es todo tan natural y abierto aquí.

Marina se ríe nerviosamente, yo le doy la mano.

La médica, muy concentrada, absorbe el embrión Walt Disney con la cánula, lo introduce y vuelve a sonreír:

—¡Listo, Marina! ¿Has visto qué rapidito?

Marina se incorpora. Dice que no le ha dolido nada.

Descansa un rato en la cama después de la transferencia, y yo me siento a su lado y le quito ese feo gorro de ducha, le deshago la coleta y le cepillo el pelo. Esa intimidad es nueva entre nosotras, pero hoy es un día de esos en que las alianzas se estrechan. Y, sin embargo, siento que no estamos en el mismo equipo.

Quiero creer que por ser seis años menor que ella y tener un novio joven, y estar morena y descansada, puedo sentirme segura de que Gabi y yo estamos en posesión de nuestros propios medios de reproducción.

Me esmero en una buena trenza de espiga mientras contemplamos en silencio los adosados y los olivos que se ven desde el hermoso ventanal de la habitación. Ahora salimos por fin de la clínica, atravesando un arco en el que se lee: «Donde nace la vida». Y la incertidumbre.

Buscamos un bar y brindamos, yo con mi botellín sin alcohol y ella con su zumo, por la correcta anidación de su guapo cigoto. Después, Marina empieza a hablarme de la epigenética.

—Es el contacto de las sangres.

La miro, entre perpleja e interesada.

—A ver, está claro que si lo llevo aquí dentro durante nueve meses, pues en algo le acabaré afectando. No está probado aún, pero se cree que ese período puede terminar modificando el ADN.

—Pero, Marina, perdona. ¿De dónde ha salido este embrión? ¿No es de Max y tuyo?

—No me hables de Max. Se ha borrado... Este embrión es el hermanito de otro, cedido por una pareja generosa que fue tratada en esta clínica. Parece que, una vez que cumplieron su sueño de descendencia, un buen día recibieron una llamada en su casa, del tipo: ¿qué queréis hacer con vuestros embriones?

—¿Porque en cada ciclo de in vitro fecundan más de uno?

—Sí, y guardan, vamos a decir, dos de calidad, por si más adelante quieres tener más hijos.

Mientras pedimos un pincho de tortilla, me entero de que, una vez fecundados, los embriones son clasificados en cuatro tipos según su calidad: desde los A, óptimos, hasta los D, chuchurríos. A Marina le acaban de meter, perdón, transferir, uno de calidad A. Buena cosecha.

—Pues eso, que un día te llaman y te dicen: hola, el período que cubre la cuota de almacenamiento, la criopreservación de vuestros embriones, está a punto de caducar...

—Vaya. Entonces han donado a sus hijos descartables para casos como el tuyo... ¿Tus óvulos ya no servían?

—Pues mira, no lo sé, Silvia, pero no tengo dinero suficiente para averiguarlo. Me dijeron que una FIV a mi edad tenía un quince por ciento de posibilidades, y una ovodonación un sesenta por ciento. Me fui a mi casa, me lo pensé y aquí estoy.

También querría preguntarle a Marina por qué no la ha acompañado hoy su hermana u otra otra amiga más íntima que yo, pero en este momento no me siento con derecho. Intuyo la respuesta: el entorno de Marina, salvo Max y yo, no debe de estar al tanto de «la transfe». Intentar quedarse preñada con cuarenta y seis años recién cumplidos, sin pareja y con un trabajo inestable y absorbente, es un pasaje directo a la desaprobación general.

En vez de preguntarle, entonces, tengo la necesidad de decir alguna tontería, para desengrasar.

—Si yo me hubiera encontrado a cualquiera de mis dos hermanos por primera vez con nueve años en la cola de un tobogán de un parque acuático, por poner una edad y un escenario, ¡los habría reconocido, los tres somos clavados!

—No sé, para mí esto es solo un regalo de esa gente que permite que yo pueda ser madre...

Volvemos en el Cercanías. Me imagino el óvulo de otra tía siendo inyectado con el esperma de Gabi. ¿Eso es infidelidad? Cuando era pequeña, más de una vez nos pararon a mi padre y a mí por la calle para decirnos aquello de: «No puede negar usted que es hija suya». Siempre fui clavadita a mi padre, y por lo tanto a mi abuela paterna. Hay muchísimo aire de familia entre mis hermanos y yo. Y eso siempre nos ha unido. Son elementos atávicos, lazos ancestrales que acaban de aflorar esta mañana, en la epigenética de la clínica de fertilidad. También pienso en Nieves, quien no compartirá con su futuro hijo ningún material genético. Reconozco que, desde que empezó esta aventura, he soñado con tener un hijo parecido a mí, y por lo tanto a mi padre.

Ahora imagino las plantas subterráneas de la clínica, sus estancias frigoríficas, llenas de neveras con embriones sobrantes. ¿Habrá una normativa para la eliminación de todos esos gametos? Antes de bajarse en Méndez Álvaro, Marina me advierte:

—Por favor, ni mu de todo esto en la redacción.

Por supuesto. Próxima estación: Delicias.

Remato mi peregrinaje a los templos de la reproducción tocando la puerta de Clarita. Quiero recuperar la *Calathea*, a la que sin darme cuenta también he echado de menos.

—¿Todo bien? Soy Silvia, la vecina...

—Espera, hija, espera —la voz inconfundible de Clarita se acerca a la puerta. Después de descorrer el característico cerrojo, extiende el brazo haciendo escuadra sobre la jamba. Una vaharada de ese olor tan peculiar, al que hoy se añade un fuerte tinte de amoníaco, me tumba nada más abrirse la puerta. Me siento incapaz de afrontarlo.

—¡Nada, que ya hemos vuelto de vacaciones, Clarita! Ya te paso a ver en otro momento, que llevo prisa —digo subiendo la voz mientras me voy alejando por el pasillo.

Y al fondo de ese súbito asco infinito descubro de pronto una lucecita encendida. La prueba irrefutable de la que me advirtió mi madre: el olfato desarrollado. ¡Sí! ¡Todo ese superávit de placer portugués no podía fallar!

Ahora, la siguiente prueba que debo superar es la espera de los cinco días que quedan para mi no-regla. Haz algo, gatito. ¿Cuándo inventarán la aplicación definitiva que detecte las fecundaciones tempranas, una especie de escáner que averigüe sin margen de error el incipiente blastocito que anida en tu anhelante interior?

Me pongo a deshacer la maleta, cantarina. Hay que activarse para no pensar. Y encuentro el saquito de las cenizas de papá. ¿Es posible que se me haya olvidado lanzarlas al Tajo?

Me siento a llorar como no lloraba desde que se me apareció en sueños. En parte lloro por papá y en parte por mí, por la culpa que siento por haberlo olvidado todos estos días en la maleta, infiel al duelo.

24. Autobombo

En el metro, en los largos trayectos, el tiempo que antes solía dedicar a leer ahora lo paso con la nariz metida en el *smartphone:* calendario, aplicación y buscador arriba y abajo. Se me desata el ansia de preguntar, de querer saber. Mi amiga Alba se ha convertido en mi confidente, lejos del triángulo de las Bermudas que ahora mismo formamos Mara, Estrella y yo, sometidas a las corrientes subterráneas de nuestros diferentes momentos y circunstancias. Alba y yo hablamos prácticamente cada semana. Nos hacemos visitas telefónicas donde desgranamos los mil matices, no solo de mis duelos sucesivos insertos en el gran duelo. Alba es ahora mi Jedi, y me transmite la sapiencia y la fuerza luminosa necesarias para las buscadoras de gametos.

Silvia
¿Tú qué síntomas tuviste de preñez?

Alba
Te llamo.

Silvia
Voy en el metro. Luego hablamos.

Alba
¿Pero tienes retraso?

Silvia
¡¡Noooo!! Es todo en el pre, me quedan tres días para el 28 y estoy de los nervios.

Alba
Síntomas: dolor de ovarios, cansancio,
tetas hinchadas.

                              Silvia
                              Cuadra.

Alba
¿Sientes algo de eso?

                              Silvia
                              Todo.

Alba
Sobre todo las tetas.

                              Silvia
          También puede ser psicológico otra vez.

Alba
Yo me levantaba con ganas de comerme
un caballo, y no suelo desayunar...

                              Silvia
                   Yo eso no lo noto.

Alba
Cada persona tiene unos síntomas,
pero lo de las tetas no suele fallar...

                              Silvia
                              Ok.

Alba
Sobre todo no le preguntes a internet.

Los días previos a la regla avanzan por el calendario con una lentitud exasperante. ¡Si hace solo unos meses se me pasaban las semanas volando, sin apenas darme cuenta! Ahora cada día es una oruga cebada de horas de más y cargada de nuevos síntomas que no hacen más que sustentar mi tesis: estoy preñada, lo sé, lo siento, lo quiero creer.

Gabi y yo hemos pactado no hacer ningún test de embarazo antes de que haya un retraso de al menos cuarenta y ocho horas, de modo que no hay nada que pueda constatar mi hipótesis, mi pálpito o, según se mire, mi sobrada capacidad para el autoengaño.

¿O tal vez sí?

Siguiendo el tic habitual contemporáneo de buscar todas las respuestas en Google, y desoyendo el consejo de Alba, me echo a los brazos de los que he comenzado a llamar los Foros del Infierno. Si no fuera feminista, los llamaría tan alto y claro como Estrella: los Foros de las Locas. Otro mundo subterráneo está por abrirse bajo mis pies. Otro abismo. Allá vamos.

En el primer círculo del Infierno nos recibe un habitante a la altura: la *warry*, mi amiga la roja, la indeseable. Estos son solo tres de los nombres con los que se conoce a la regla entre las usuarias de los foros consagrados a la tarea reproductiva. Cuidado, porque si pincho sin querer en la pestaña de «imágenes» asociadas a esta búsqueda, las fotos resultantes me provocan las arcadas suficientes para engrosar el concepto «náuseas» y pasar así por derecho al segundo círculo del Infierno: las entradas consagradas a las interminables listas de síntomas de embarazo psicológico.

En el tercer círculo: *emojis* animados y *gifs* de bebés —BB's— que dan la voltereta, siglas, palabras de ánimo cifradas. Todos son códigos de la hermandad secreta de este submundo en el que caigo y caigo. SOP, por ejemplo, significa «síndrome de ovarios poliquísticos», una de las principales causas de infertilidad. Millones de avatares y *nicknames* alusivos (¿cuál me pondría yo?) van tejiendo una tupida maraña de opiniones, trucos útiles, pensamiento mágico y faltas de ortografía. Trato de imaginar la vida de las mujeres que hay detrás de BrujitaRegaliz, WannaBe-Mummy o SOP87. Amparadas por el anonimato, encuentran aquí, como yo, la compañía que probablemente les niega la vida analógica.

Hay otro círculo en este Infierno de color rosa: las entradas e hilos dedicados a la persecución del «posi» (positivo) o la ansiada doble raya en el TE (test de embarazo). Es lo que se conoce como betaespera. ¡Eureka! Encontrada mi patología: me encuentro en pleno síndrome de la «betaespera», ese momento inhóspito de tiempo detenido entre los días de la ovulación y la (no, por Dios, que no lo haga) llegada de la regla. Todos mis embarazos fantasmas pasados (porque este, por supuesto, es real: lo sé) están representados aquí bajo lo que ellas mismas reconocen como «tu mente te está jugando una mala pasada». Es decir, la culpa de que encontremos y generemos un montón de indicios que constaten nuestro deseo de embarazo también es nuestra. ¿Cómo no van a estar locas? ¿Cómo no *vamos* a estar locas?

Es así como llego a unas cuantas entradas consagradas a la leyenda urbana de que los TO (test de ovulación) pueden predecir un embarazo antes que los TE (test de embarazo). Corro al cajón del baño donde guardo el hatillo de tiras mágicas que me regaló Mara. Me siento a hacer pis. Mojo la tira unos segundos y la coloco en horizontal. A los pocos minutos, nada.

117

El blanco nuclear desmiente la corazonada de este mes.

Pero es así como accedo directa a uno de los círculos especiales del Infierno: el de las adictas a los test de orina.

Los días sucesivos, gasto varias tiras de test y permanezco encorvada sobre el navegador del ordenador del trabajo, en la *tablet,* en el móvil. Esperando otra constatación de cada uno de mis más leves síntomas, mientras le doy vueltas al posible *nick* con que cualquier día me abriré mi propia cuenta en el Infierno.

25. Paseando por la matriz

Durante la vida fértil de una mujer, la regla suele venir en los momentos más inapropiados. A pesar de que mi ciclo es previsible y puntual como un reloj de veintiocho días, su llegada me ha pillado casi siempre por sorpresa. Debe de ser otro indicio de la desconexión entre mi cuerpo y yo. Muchas veces también la he recibido con alivio, como en ese meme tan divertido de *Carrie* en el que se lee, bajo el fotograma de una avalancha de sangre: *not pregnant*. Desde que empezó la búsqueda, por el contrario, he aprendido a leer las manchas en las bragas como si fueran los posos del café.

En los últimos tiempos he aprendido a distinguir muchas cosas del ciclo: cuándo comienza realmente, qué significa y cómo se comporta cada fase. También he aprendido que un flujo blanco y cremoso se desliza vagina abajo justo antes de que llegue la regla para preparar el aluvión sanguíneo. Es como si se abrieran las compuertas y el útero mandara cuello abajo a sus guardias de seguridad. Y hoy, tras dos días de preludio blanco, estoy más fastidiada que Carrie en su fiesta de fin de curso. Anoche volví a soñar con mi padre. Estábamos en unas piscinas naturales y yo lo veía bañarse desde unas escalinatas que hacían las veces de orilla. Ya estaba bastante enfermo pero sonreía. A mí me tranquilizaba saber que su cuerpo a flote era mucho más liviano y fácil de llevar. Agitada, salgo a pasear por Madrid Río, como siempre hago los días en los que duele la regla. Camino rápido, que es lo único que sé hacer: cansarme para luego poder quedarme hecha una bola en el sofá. Cruzo el puente que nos conecta con Usera en vez de continuar a la vera del río; a veces este lugar me resulta deprimente en su exacta representación del faraónico proyecto urbanístico. Recuerdo la de veces que en mi infancia cruzamos este mismo puente en coche, camino a casa de mis abuelos paternos.

Es bastante tarde y el río está oscuro, un mes de septiembre sorprendentemente fresco para esta ciudad. En realidad, siento que no he dejado de ir desabrigada desde los días posteriores a su muerte, allá por el mes de enero. Cuando también cruzábamos un puente interminable sobre un río helado. Puedo decir, sin miedo a equivocarme, con la misma sorprendente seguridad con que otros afirman que nuestro útero está conectado con las mareas y la luna, que el frío que emanaba aquellos días de mi interior, cualquier cosa que eso sea, de mi pecho, y que hacía que expulsara ese vaho blanco que empañaba las lunas de los escaparates a nuestro paso, no ha podido ser derretido ni derrotado por el verano y su sangre caliente.

Recuerdo el libro de poemas que mi amiga Aurora escribió tras la muerte de su padre, la violencia que destilaban casi todos los versos. Entonces yo jugaba en otra liga. Ahora, me siento en el banquillo especial de los que perdieron a un ser ¿querido?, ¿cercano? —¿de verdad es eso un padre?, ¿un ser querido?— y, además, han presenciado su muerte. Escribo a Aurora. Ahora soy de tu equipo, quiero decirle.

Silvia
Aurora, ¿qué tal todo? I miss u!
Oye, ¿a qué edad te quedaste embarazada de Lola?

Aurora
Hey, Sil, qué tal??
36, la tuve con 37.

Silvia
Eso fue al poco de morir tu padre...

Aurora
Sí, al poquito después.

Quiero decirle también que ahora soy capaz de entender cada uno de aquellos poemas. Lo escribo y lo borro, mientras me paro en una de las pasarelas desde donde se ve la casa de mis abuelos.

Aquí estoy, como una tonta, con las bragas manchadas y mirando este Madrid oscuro y lleno de puentes.

Madrid, que se parece a Madre y se parece a Matriz.

26. Las otras historias

Detrás de todo embarazo también hay siempre una historia. O varias.

Luisa y Victoria llevan dos in vitro fallidas desde que empezaron su búsqueda, hace ahora ya más de un año.

Telmo e Isabel tuvieron dos abortos, antes de que Marcos «se agarrara».

Rocío y Rubén se quedaron a la primera intentona. Pero a las ocho semanas lo perdieron, nadie sabe por qué. «Es muy habitual», dijeron los médicos.

Eli también lo perdió, a las cuatro semanas. Nos contó lo raro que fue volver «de haber estado allí».

A Julia le dijeron que se tomara la RU-486 en casa y se sentara a esperar en el baño. Perdió tanta sangre que se desmayó.

Claudia se quedó por sorpresa cuando teníamos veinticinco. Me dijo que lo haría porque no quería quedarse colgada de Raúl, que pasaba de ella. A mí solo me salió responderle que si necesitaba dinero.

A Laia su útero en forma de corazón no le deja «llevar los embriones a término», según nos leyó directamente de su historia médica.

Rosa me contó hace años, mientras nos tomábamos un *currywurst* a orillas del Spree, cómo le explicó a su padre, un hombre muy tradicional, que iba a tener un hijo sola gracias a la unidad de reproducción del Servicio Andaluz de Salud.

Ruth y Olga lo «perdieron» a las dieciséis semanas. Ruth dijo: «Lo tienes que expulsar igual».

David y Diana también sobrepasaron el año antes de tener a Esther.

A Jesús y a Gala les dijeron que dentro había dos. Sí, dos.

Santiago y Sara se quedaron a la primera. «¡Acabáis de llegar, queridos! A la cola», les dijimos Mara y yo, no sin cierto fastidio.

Aina y Claudio nunca lo buscaron. Simplemente suspendieron sus métodos anticonceptivos, casi sin acordarlo. Y acabó llegando Rita.

Javier está deseando ser padre pero no encuentra con quién.

Ale y Bruno no lo querían. Y fueron a una clínica.

Nina se hizo una FIV en Francia pero no salió. Allí hay un límite de tentativas y de edad: solo puedes intentarlo cuatro veces y hasta los cuarenta y dos años. «Hubiera podido seguir, pero no quisimos.»

Bea se hizo seis. Y lo consiguió.

Mi abuela le contó a mi tío cómo le fue practicado un aborto en casa, ilegal y en secreto. Al parecer, no era nada infrecuente en el barrio.

Tanto Victoria como Ana se quedaron embarazadas en momentos del ciclo de bajísima probabilidad, reventando todas las previsiones de cualquier aplicación.

Al poco de un proceso de selección draconiano para un puesto de máxima responsabilidad, Ainhoa se quedó preñada de dos. Desmintiendo así todas nuestras prevenciones contra el estrés y la concepción.

Natalia y Camino llevan más de un año en lista de espera para comenzar un ciclo de FIV.

Carla volvió embarazada de un Interrail, con diecinueve. Y no sabía si era de Jacques, el sardo, o de Manolis, el cretense. Decidió tenerlo sola y llamarlo Marino.

Lola se pregunta: cuando los gametos ya han hecho piña y van bajando por la respectiva trompa de Falopio como si fueran el tobogán de un Aquapark, ¿podemos ya hablar de embarazo?

A Miranda le hicieron una intervención a la que solo se someten las personas muy católicas: a través de una laparoscopia, depositaron el semen de su pareja en una de sus trompas de Falopio. Al no haber embrión fecundado con intervención humana, aquello no era jugar a ser Dios, simplemente acercar todo lo posible los gametos. El tratamiento se llama GIFT, pero la abuela de Miranda prefirió pensar que sus incansables rezos a Santa Lucía habían sido efectivos.

El mismo día que nació la hija de su mejor amiga, Mar vio irse por el váter a sus dos embrioncitos (apodados Brío y Cito), sus no gemelos, y con ellos todas sus ganas de vivir. No llegaron a arraigarse en el endometrio. Pero durante esas dos semanas tuvieron nombre.

En un documental, una mujer francesa llamada Alexia reclamaba ser inseminada una vez que Maurice, su marido, perdió la vida escalando un ochomil en Nepal. Bien, eso sí que sería la última escalada. Una jueza se lo permitió.

Estoy rodeada de historias sin nombre o de nombres sin historia final. En el limbo de la concepción y la no concepción se halla otra Historia del embarazo y la reproducción.

27. Subir la apuesta

De: silvia nanclares
Para: cita@alegre-clinica.es
Fecha: 11 de octubre de 2015, 23:58
Asunto: solicitud de cita

> *Hola, somos una pareja que estamos tratando de tener un hijo y nos gustaría concertar una cita sobre fertilidad. Hemos llamado con insistencia pero nos salta el contestador. Si podéis, respondednos o llamadnos (teléfono abajo) para ver días disponibles a partir de la semana que viene.*
> *Gracias, un saludo*
> *Silvia/Gabriel*

Estamos sentados en un bar de menús de la calle Princesa, esperando a que den las cuatro, la hora de nuestra primera consulta con la doctora Alegre, la ginecóloga experta en reproducción asistida que atendió a Mara antes de pasar a la Seguridad Social. Es privada. Por increíble que parezca, sigue sin haber ginecólogas de cabecera en la sanidad pública. Así que, si quieres llevar tu historial de revisiones anuales al día, asegúrate de conseguir los cien euros que puede llegar a costar una consulta privada o págate mensualmente un seguro médico.

Durante la ecografía vaginal, la doctora Alegre, quien previamente nos ha acribillado a preguntas sobre episodios relevantes de nuestro historial médico y reproductivo, hábitos de vida y ocupaciones, resulta no hacer honor a su apellido: me detecta un mioma en el útero.

—Es pequeñito. Casi todas las mujeres, llegado un punto, lo tienen. Y está bien colocado.

Al parecer, está en un sitio que no afectaría a la fecundación ni a la implantación de un posible embrión. Dice que tengo los ovarios grandes para mi edad.

En la pantalla, ese espacio negro y palpitante que me declaro incapaz de descifrar, se detectan los ovocitos o folículos —huevos potenciales y dormidos a la espera de convertirse en óvulos— que he producido en este ciclo.

Son cinco.

—No está nada mal para tu edad —dice la doctora.

Y me indica cómo uno de ellos, durante el día de ayer, día en que se produjo la ovulación, se ha transformado en «el» óvulo.

Así es como averiguamos que ovulo en torno al día doce del ciclo, y dado que mi ciclo es muy regular y dura veintiocho días, podremos establecer un patrón a partir de ahora. Esta será una información importante para el gatito de la aplicación. También nos llevamos otro dato valioso: la doctora Alegre le recalca a Gabi que todo intento serio de fecundación ha de comenzar con un orgasmo suyo y acabar con otro orgasmo. ¡El mío! Las contracciones musculares durante el orgasmo facilitan la llegada del esperma al útero.

—Así que ya sabes, cuando tú acabes te toca ponerte a currar.

Me gusta esta mujer.

—Pero os tengo que echar la bronca: tendríais que haber venido un poquito antes. ¿Cuándo cumples cuarenta y uno, Silvia?

—Dentro de tres meses.

—Como sabes, tu edad fértil está ahora en una curva descendente... Aunque tus óvulos puedan tener una edad más joven que tu edad biológica —otra vez, un consuelo.

—Os voy a pedir análisis a los dos: para Gabi, un seminograma que nos dirá la calidad, cantidad y movilidad de su esperma, y para ti un análisis completo de hormonas que nos va a revelar cómo está tu reserva ovárica, es decir, la edad real de tus óvulos. ¿De acuerdo? ¿Tenéis médicos majos? —pregunta mientras escribe en sendos papeles lo que hemos de, en caso afirmativo, pedirles.

Al parecer, la majeza de nuestros respectivos médicos asignados por la sanidad pública será determinante a la hora de emitirnos o no el volante interconsultas que nos dará paso franco a los análisis. Así están las cosas.

—Tú te lo tienes que hacer el primer día de la regla. Tú cuando quieras, Gabi. Cuando los tengáis, me los traéis sin pedir cita. Y no dejéis de disfrutar cuando hagáis los deberes —por la seriedad con que lo dice, parece que hablara de todo menos de sexo.

En el metro. Por la calle. En anuncios. Ahora ya somos dos los que vemos continuamente parejas empujando carritos por la calle, con los bebés colgados, niñas y niños pequeños por todas partes. Y nos entra miedo. Mucho miedo.

¿Y si no lo conseguimos?

28. Incertidumbres

El test de «la transfe» dio negativo para Marina después de una betaespera larga, larguísima. La betaespera, ese corredor de la vida (o de la muerte) en el que las posesas del *Kinderwunsch* esperan la confirmación de su embarazo a través de la subida de la hormona gonadotropina.

Me dice que quiere estar sola, que tiene que pensar un poco, digerir. Aun así, me acerco hasta su casa solo para dejarle una buena compra con frutas de colores y mucho chocolate que atenúe su frustración y su rabia.

«Para Silvia, por una vida llena de incertidumbres.» Colocando los libros de la última caja pendiente de la mudanza, me encuentro un ejemplar de *El cuento de la criada* de Margaret Atwood, dedicado así por Mara cuando cumplí veinticinco años, allá por el año 2000. Antes de la crisis financiera y la explosión total de la incertidumbre.

Hoy, sin embargo, esta dedicatoria tiene otras connotaciones.

A finales de los noventa y en los círculos feministas que ya solíamos frecuentar, las entonces novísimas técnicas de reproducción asistida eran recibidas con muchos reparos críticos. Nos medicalizaban y sacaban el proceso de nuestros cuerpos para ponerlo en manos de la industria. Luego quedaron más claras las ricas posibilidades que la tecnología reproductiva nos abría a las mujeres: la creación de nuevas familias con, por ejemplo, dos madres, o la opción empoderadora para aquellas que deseaban ser madres por su cuenta. Ahora nuestra amiga Estrella es una de esas mujeres, Mara está cada vez más gorda y yo, con cada regla que pasa, envidio con creciente virulencia su barriga. Nunca imaginé que el vaticinio de cambio de siglo de Mara se concretaría así.

¿Y si pudiéramos hablar hoy con esa Mara y esa Silvia de principios de siglo? ¿Qué les diríamos? Chicas, vuestras criaturas van a aplazar su llegada, más bien seréis vosotras quienes lo vayáis aplazando hasta casi el tiempo de descuento. ¿Es un aplazamiento elegido? ¿Forzoso? ¿Habríamos hecho algo diferente en nuestra vida si hubiéramos podido mirar el hoy por un agujero del tiempo? Probablemente. O no. ¿Habría buscado con más ahínco un compañero ideal, una forma distinta de organizar la maternidad más allá de la pareja? ¿Me habría quedado alegremente preñada de cualquier amante? ¿Habría crionizado mis óvulos?

Siempre fuimos reacias a la congelación de óvulos: parecía que se nos vendía por el mismo precio la llegada del príncipe azul con el que, más adelante, podríamos montar nuestra familia feliz.

Y aquí estoy, un lunes de mediados de otoño, suscribiéndome en YouTube a canales de madres *vloggers,* la parte más exhibicionista y gráfica de esa corriente subterránea de conocimiento reproductivo que sustentan las Locas de los Foros. Gracias a ellas, o por culpa de ellas, ya hemos visto el punzamiento de líquido ovárico —algo duele, se pongan como se pongan los ancstesistas— de Michiko, en Osaka; el primer jeringazo de hormonas de rwhite8228 en su casa de Dallas; el trayecto en coche camino a la transferencia de embriones de sandygoodmum; el positivo de Jeremy y Regina (pero si son superjóvenes) después de su primer ciclo de FIV o toda la saga de hitos reproductivos del canal de Ellie y Jared. Mi vídeo favorito es aquel en el que se graban escuchando el mensaje de voz que la clínica les ha dejado en el móvil de Ellie. Por no hablar de los canales con partos grabados, esos los veo exclusivamente los días previos a la regla-no regla, y me harto de llorar.

El *broadcast* de la incertidumbre. Un morboso descubrimiento al que nos hemos enganchado Gabi y yo como a la mejor de las series. Esto es mejor, porque nunca se acaba. Criticamos y juzgamos mucho a esas personitas que deciden exponerse al mundo en el momento más vulnerable de su vida y su relación.

29. Doble exposición

Un día festivo de principios de noviembre. La redacción está casi desierta y yo estoy plácidamente instalada en la fase posterior al fin de la regla, esa fase en la que parezco una persona centrada, casi tan tranquila como antes de empezar este proceso. Llevo toda la mañana escribiendo y apenas he mirado un foro o hecho alguna pregunta nueva al buscador. Vuelvo a ser una persona normal, aunque sea por unos días. Berta me ha convocado a una reunión. ¿Mi personal odisea reproductiva habrá dañado mi rendimiento y ella lo ha notado? Seguro que sí. No van a seguir contando conmigo.

El minimalismo del despacho de Berta contrasta con el barroquismo de su vestimenta y su gestualidad. ¿La gente aún tiene despachos? Sí, ella sí. Respira poderío. Y le gusta desplegarlo. Su escritorio está prácticamente vacío, aparte del omnipresente Mac encendido y unos pocos adminículos de diseño y factura japoneses.

—Pasa, Silvia, siéntate. ¿Quieres tomar algo?

Mientras yo pienso la respuesta mirando su butaca vacía, Berta saca un par de cápsulas y las mete con diligencia en la guillotina de su Nespresso.

—Mira, yo cuando meto la pata sé reconocerlo. Ya vi cómo se viralizó en las redes tu *post* de los huevitos Kinder. Aún sigue dando vueltas por ahí.

—Sí, lo escribí con muchísimas dudas y mira...

—Quiero cosas así en mi cabecera —el sonido de la salida del café remarca la rotundidad de su afirmación. Me tiende la taza y un azucarero con terrones irregulares de azúcar moreno. No hay leche. Sin problema. Aquí no se toma leche.

—Tengo un montón de piezas posibles, Berta: la semana que viene se celebra la primera feria de maternidad subrogada. Es el gran debate actual del feminismo contemporáneo, junto con la prostitución. Podría infiltrarme como...

—Quiero algo más desde ti. Desde tu experiencia.

—¿Desde mi experiencia?

—Crónicas en primera persona. Tú estás buscando un niño, ¿no?

—Uf, pero es que esa no es solo mi experiencia. Implica a mi pareja, en este caso. ¿Y Marina no...? —llego tarde a morderme la lengua.

—Marina no creo que quiera escribir sobre esto a estas alturas. Además, le van a ofrecer dirigir Cultura. ¿No te ha dicho nada?

—¿Cultura? Qué bien...

¿Por qué no me lo ha contado? ¿Habrá pensado en mí para incorporarme a su equipo?

—Tendrías mucha más visibilidad, como firma.

El sabor del Nespresso, que odio, se mezcla con mi propia amargura. De pronto me doy cuenta de que, a pesar de lo mucho que me impone Berta, yo también, y no solo Marina, soy mayor que ella.

—Yo ya tengo visibilidad. De hecho, no sé si quiero tener más. Y hasta ahora la visibilidad no me ha dado de comer.

No sé de dónde me he sacado esa retahíla, pero ahí están las palabras, flotando en el aire, reconfigurando nuestra relación aunque sea momentáneamente.

—A ver, me acaban de aprobar meter en plantilla a dos personas antes de fin de año.

—Con contrato.

—Pues claro que con contrato. Y si funciona, que va a funcionar, lo proponemos como editorial para el semanario en papel.

Arqueo involuntariamente las cejas, encajando el órdago.

—Anda, piénsalo, habla con quien tengas que hablar, dame una respuesta rápida y a partir de ahí hablamos otra vez. Porque no creo que tu meta sea solo entrar como redactora en plantilla. A tu edad.

La miro a los ojos, quizá más de lo permitido en el tratado del protocolo de las jerarquías no escrito de la redacción. Apenas sé nada de su vida fuera de este despacho, ni mucho menos si quiere o no tener hijos. Berta es el tipo de persona que delimita minuciosamente las fronteras entre trabajo y vida privada.

Me levanto paladeando el golpe bajo y la incertidumbre acerca de cómo he jugado mis cartas.

¿Cómo sería exponer a los cuatro vientos las tribulaciones de nuestra búsqueda? En parte ya lo he estado haciendo. ¿Podré contar en esto con Gabi? Esa pregunta implica que ya estoy dispuesta a hacerlo. Y quedarme sin trabajo ahora sería fatal. Porque lo primero que me toca dilucidar es si la propuesta de Berta ha sido un ultimátum para seguir colaborando en *El Papel* o una oferta de trabajo en firme.

30. Bioquímica es destino

—No mueras —ha dicho la profesora.

Se refiere a mis manos, que están mustias en esta posición que implica una torsión y una resistencia que, definitivamente, hoy no puedo ofrecer. Mi cuerpo y mi ánimo recuerdan hoy a la *Calathea* de nuestro salón, a la que, con mucho esfuerzo, estamos tratando de salvar. Mara dice que regar las plantas con sangre menstrual las vivifica. Al volver a casa, pienso mientras me esfuerzo en oponer la rodilla al codo, voy a probar a verter el contenido de la copa de luna en una regadera para hacerle una transfusión.

La profesora nos pide al comienzo de cada clase que le comuniquemos si estamos con la regla o no. Pues sí. Hoy, la muerte de mis manos, la falta de tensión, de fuerza, de tesón, se debe probablemente a la regla. Me vino ayer. En sincronía con la luna nueva, lo cual, según Marina, que sabe de encajes cósmicos, es bueno. «Eso significa que tu cuerpo está por la labor.» Pues yo no lo creo. Es la octava regla que me viene, rompiendo con su evidencia la posibilidad de «habernos quedado». En este período ya podría haber construido un hijo ahí dentro, donde hoy solo chilla mi útero inflamado y tenso como una pelota de balonmano.

Además, tengo la cabeza en otra parte; en concreto, en los sobres cerrados que me esperan, nos esperan, sobre el escritorio de mi habitación: los resultados de la analítica de sangre que me pidió la doctora Alegre y el seminograma de Gabi.

Mientras la clase acaba con unos ejercicios de agradecimiento a nuestros úteros, compadeciéndoles porque hacen lo que pueden, no dejo de pensar en nuestros promedios. ¿Estará todo bien?, ¿seremos fértiles? Rezo por ellos como si fuera parte del culto a la Venus de Willendorf o a cualquier otra deidad de la fertilidad contemporánea. Hoy, por primera vez desde que empecé estas clases, las palabras de la profesora me han sentado mal. Se debe a mi estado, a la muerte de mis manos, a la cabeza en otra parte, a la decepción por la llegada de la regla. Aun así, termino la sesión mejor de lo que la empecé.

Una de las alumnas de la siguiente clase comenta cantarina al entrar mientras se señala la barrigota que esta mañana le han dicho que tiene ¡dos!

¿No es algo cruel que después de la clase de Yoga Fertilidad entren en tromba las de Yoga Prenatal blandiendo sus diferentes estadios del embarazo?

En esto te convierte la búsqueda de la preñez. En un ser resentido y vigilante, con una sensación constante de anhelo y falta.

Mientras espero a Gabi en casa, y sin dejar de pensar en los análisis encima del escritorio, preparo la pócima mágica para darle de beber a la señora *Calathea*. «Nos has dado un buen susto», le digo. Al parecer, según los tutoriales de YouTube, la debimos de sorprender con un golpe de frío. Claro, y es que qué hace una planta tropical en un piso del centro de Madrid. Mientras la riego, le recuerdo que en esta casa tiene terminantemente prohibido morirse.

Llega Gabi y nos atrevemos a abrir los sobres después de los preliminares típicos: manos apretadas, seguro que está todo bien, ábrelo tú, no, tú. Ellos, por su parte y como siempre que hay nervios, se resisten a ser rasgados prolijamente.

La voz estridente de Clarita desde el otro lado del descansillo nos saca de nuestro suspense. Su voz viene pidiendo ayuda, cruzando de su puerta a la nuestra como un aullido mientras se aproximan ella y sus zapatillas arrastradas sobre las losetas. Cualquier día, también ella se nos muere, pienso.

En realidad, casi todo parece estar relacionado últimamente; no me resulta difícil ver conexiones entre las cosas que pasan. La muerte y la vida de las plantas, un comentario simbólico de la profesora de yoga, las llamadas de ayuda de Clarita, casi siempre alarmantes y alarmistas, la enésima decepción con cada llegada puntual de la regla, la confrontación con lo que soy físicamente, con cómo el paso del tiempo afecta a nuestros órganos, los resultados de unos análisis...

«Anatomía es destino», dijo Freud. Bioquímica, querido. Y me lanzo a devorar la información de mi analítica. Pues sí, todo se cruza: el amor, la crisis de los cuarenta, el deseo de ser madre. Y, como todo lo que nos empeñamos en dotar de carácter arcano, también acaba resultando arquetípico, que es la forma pedante de decir tópico. No, un momento, me detengo, esperaré a que Gabi vuelva de casa de Clarita para seguir leyendo los promedios hormonales. A veces la imaginamos como la versión castiza de los viejitos habitantes del edificio Dakota de *La semilla del diablo*. Pero no. Clarita lleva años viuda.

La imagino contándole a Gabi lo que me ha contado a mí muchas veces: «Que yo al mío lo tuve con veinte, era una cría, que eso era una barbaridad también».

«Por cierto, hace mucho que tu hijo no viene por aquí...», sé que contestará Gabi. Le encanta poner en evidencia, aunque sea un poco, al hijo de Clarita. Su único hijo vive fuera de la ciudad y viene «cuando puede», pero en su modo de decirlo, escondido bajo la indulgencia, parece latir todo el reproche que una buena madre como ella se puede permitir.

Gabi vuelve con el consabido esqueje de cóleo en un tarro de mermelada de albaricoque con la etiqueta desvaída, en agradecimiento a su despliegue bípedo para colocarle el aplique que los obreros de la obra de al lado le han desencajado. Clarita es una buena vecina, cree que nosotros la cuidamos, pero es ella la que nos cuida a nosotros, pese a su voz insoportablemente aguda y su falsa dependencia.

Convivir con ella nos hace relativizar nuestras neurosis. Nuestros miedos y ansiedades frente al hecho de poder o no poder ser padres. O nuestros dolores de espalda. O nuestra falta de liquidez según avanza el mes. Clarita es como un espejo lleno de muescas y manchas de azogue encontrado en el Rastro que nos ayuda a redimensionar ciertos malestares: en concreto, esta ansiedad creciente que se nos ha instalado en el pasillo desde que decidimos empezar. A veces la regamos, otras, como hoy, se convierte en una planta carnívora que nos atenaza. «Si solo lleváis unos meses», dice nuestro entorno, amigos, familiares o conocidos. «No queda tanto para que se cumpla *ya* un año», puntualizamos. Y, además, estos promedios, me digo mientras sacudo los análisis frente a un público imaginario, estos promedios no saben nada de nuestro voluntarismo barato de emprendedores ni de nuestras frases de autoayuda. Esto, como la salud de las plantas y la muerte próxima de Clarita, es una afrenta a todo nuestro «querer es poder».

Decidimos dejar el esqueje de cóleo de Clarita junto a la *Calathea* porque, según un libro que leímos hace poco, las plantas son más solidarias entre sí que nosotros, los humanos.

Nos imaginamos a Clarita asfixiada por el poder colaboracionista de su selva de interior. Nos asustamos tanto que pasamos a ver si necesita algo antes de irnos volando a dejar los análisis en la consulta de la doctora Alegre. Nada. Sigue viendo *Sálvame* a un volumen atronador rodeada de troncos del Brasil.

—Quizá hoy venga mi hijo a verme —nos dice.

Ojalá, Clarita.

El sonido de una detonación en la lejanía. Luego, el silencio.

Al día siguiente, estamos de nuevo en la terraza del bar de menús de la calle Princesa. Otro final de noviembre extrañamente cálido. Se habla del cambio climático, del fin de la especie, del fin del invierno tal y como lo conocemos.

Pero lo que de verdad nos preocupa son los indicadores de fertilidad.

En las últimas veinticuatro horas hemos aprendido, entre otras cosas, que para descifrar la calidad del esperma se consideran tres factores: cantidad, movilidad y morfología. El urólogo de la Seguridad Social despachó a Gabi con un «esterilidad descartada» tecleado parcamente al final de su informe, pero unas cuantas búsquedas han arrojado otros indicios más preocupantes sobre su esperma: según internet, la movilidad de algunos de sus millones de espermatozoides no es la deseada.

Respecto a mí, hay dos valores que he podido detectar por debajo de los umbrales que marcan los promedios: la hormona FSH y la LH. La primera, la hormona foliculoestimulante, es la que pone en marcha el crecimiento de los ovocitos que están esperando cada ciclo para convertirse en óvulos. La LH u hormona luteinizante es la que, a continuación, provoca la separación del folículo elegido u ovulación. Mi viaje submarino por las veinte mil leguas de foros y páginas sobre fertilidad no arroja una luz demasiado halagüeña sobre mis valores de esas dos hormonas. Desde ayer, prácticamente creo ser menopáusica. Por eso esta mañana hemos decidido dejar de especular para esperar a la lectura de nuestro tarot hormonal por parte de la adivina científica acreditada, la doctora Alegre.

—Jóvenes, de postre tengo manzana asada o piña —el camarero nos devuelve al mundo de la no reproducción, donde la gente apura cafés o se lía tranquilamente un cigarro.

La doctora permanece un buen rato en silencio, concentrada sobre los análisis. ¿Mala señal? ¿Estarán estas cifras encarnando mi pálpito de que no voy a poder ser madre? Llámalo baja producción de ovocitos aptos, llámalo fallo ovárico, llámalo demasiado tarde princesa, llámalo inclinación fatal al pesimismo.

El resultado de la quiniela de nuestra segunda consulta da X en la casilla de la fecundación in vitro (FIV). Gabi y yo estamos empate.

La doctora nos lo dice bien claro, mientras nos apretamos las manos:

—A ver, no estáis fatal, pero tampoco estáis muy boyantes.

A continuación, saca muy resuelta una carpeta en cuya portada se lee: FIV. Y observamos, algo en *shock*, el desfile de procesos que muestra cada una de las imágenes de la carpeta: son los pasos de un ciclo completo de FIV. ¿El presupuesto?

—Entre cinco mil y seis mil euros, ponedle siete mil, para redondear.

Podríamos empezar en el próximo ciclo si lo vemos claro.

Siento que las cosas están yendo muy rápido, pero que al menos la responsabilidad del tratamiento ha quedado salomónicamente dividida entre Gabi y yo. Hasta que la doctora introduce un nuevo concepto:

—Aquí hay un dato que no me gusta: tus niveles de estradiol, Silvia. No, no. Olvidad esto —cierra y guarda la carpeta—. Tenemos que bajar el estradiol, lo primero. Si no, yo no te mando a comenzar un ciclo de FIV.

Nuevo rayajo en una receta: análisis de estradiol para el primer día de la próxima regla.

—Lo tienes en ciento catorce, tenemos que bajarlo a menos de setenta —dice mientras me receta progesterona vía vaginal, una pastilla antes de dormir durante nueve días consecutivos.

Al parecer, el estradiol alto indica que mi hipófisis les manda señales a mis ovarios tipo: «Hey, seguid dándole a la producción de óvulos, chicos, que esta está ya rondando la escasez en la reserva...».

—Los óvulos brotan inmaduros, por un lado, y por otro tu endometrio no se convierte en la estancia mullida que el embrión necesita para anidar.

Ahora sí me siento como en una entrevista de trabajo. Para ser candidato, tu cuerpo ha de mejorar su currículum, sus logros, su nivel de idiomas. No quedarse atrás. No caducar como un producto lácteo.

—¿Y no hay otro modo de bajar el estradiol, doctora? —digo mientras doblo la receta con un resoplido.

—No —ese *no* cortante y taxativo en nombre de la comunidad científica retumba por el minúsculo despacho.

Desde el momento en que la doctora Alegre ha sacado los tarjetones que muestran los pasos de la FIV, he empezado a sentir que me hacía más y más pequeña, en tamaño y en edad. Como una Alicia antes de entrar en el país de la reproducción asistida, recuerdo alarmada haber leído en algún lado que la progesterona te deja el ánimo por los suelos. Marina y toda la medicina alternativa seguro que tienen algo que decir al respecto; le preguntaré.

—¿Y si somos infértiles? —se aventura Gabi, sacándome del ensimismamiento.

—Mirad, esto es como un videojuego —dice la doctora—. Somos una especie que se reproduce mal, frente a la alta capacidad de otros mamíferos para esta misma tarea. En el período máximo de dos años el ochenta por ciento de las parejas se embarazan por el medio habitual, es decir, sin la intervención de la tecnología. No hemos llegado aún al promedio, y quedan muchas pantallas por jugar.

Pues yo juego cada vez con menos vidas, pienso mientras nos levantamos.

Salimos de la consulta apesadumbrados. Nuestras chaquetas parecen pesar mucho más sobre nuestros hombros que cuando entramos.

Paramos a comprar progesterona antes de meternos en el metro. La farmacia me recuerda irremediablemente a mi padre.

Gabi y yo estamos apoyados sobre el mostrador.

Casi puedo tocar la textura de nuestra solemnidad, la sensación de estar desarmados. Pienso en el otro momento que marcó mi vida hace unos meses.

Ver morir a mi padre me enseñó cómo, llegado un punto, somos cuerpo.

Puro cuerpo.

Le pido a Gabi que nos sentemos a tomar algo en el mismo bar de antes, donde hace unas horas éramos otras personas. Lo he venido aplazando para no añadir más presión, pero ahora, de golpe, siento que no puedo demorar más mi decisión. ¿Le importará a Gabi que nos convirtamos en protagonistas de un blog en *El Papel*?

—Me hacen contrato temporal con opción a fija en seis meses. Eso significa salir del infierno de autónomos.

—Y es escribir, investigar... —Gabi parece entusiasmado con la propuesta.

—Nos vendría guay para hacer frente a... —con un gesto de cabeza señalo hacia mi bolso, la progesterona y las recetas—. Pero también es contar nuestra vida.

—Lo hacemos todos en las redes y no nos pagan.

—Ya. Pero esto es exponernos más, yo creo. Y, ¿sabes?, me jode un poco que este sea mi único capital en el periódico.

—A ver, es una oportunidad, ¿no?

—Sí. Quiero hacerlo. Y tendría una baja maternal asegurada en caso de que... Berta me ha pedido una descripción. ¿Te la puedo leer?

—O sea, que estás decidida.

—No. Me faltaba consultarte.

—Venga, lee.

—Se titula: «Limbo».

—¿Así se titula el blog?

—No, es como una introducción: «La historia más grande jamás contada».

»Para contarla, tenemos a nuestra disposición términos de la literatura científica consagrada a nombrar los procesos invisibles de la fertilidad. Por ejemplo: la gestación empieza a contabilizarse a partir de la unión de dos gametos: gameto femenino: óvulo; gameto masculino: espermatozoide. Esa célula llamada cigoto se dividirá a su vez en distintos estadios con nombres como mórula o blastocito. Pero solo en el momento proverbial en que ese embrión subdividido anida en el suelo enmoquetado del endometrio, se inaugura oficialmente el embarazo.

»Pero ¿qué hay del momento de silencio y oscuridad antes de que comience la historia, el período previo a la fecundación, ese momento en que has decidido, sola o con alguien, que quieres ser madre y te pones a intentarlo? ¿Cómo se llama esa fase de búsqueda? ¿Qué eres? ¿Qué identidad tomas? ¿En qué te conviertes?

»¿Y qué pasa si tu deseo de tener hijos llega a esa edad en que los tratados de biología humana dicen que ahora o nunca? ¿O es que ha irrumpido en escena precisamente por eso? El tiempo juega en tu contra, y la bioquímica no ayuda. Convertirse en madre se transforma en una odisea llena de aristas, aprendizajes y puertas secretas. Para contar esta historia entre el querer ser y el no saber si serás hacen falta muchas historias nuevas». ¿Qué te parece?

—Está muy bien. Pero solo dos cosas. Si puedes, sácame con seudónimo. Y no comentes lo del semen vago: tengo una reputación que mantener.

Obviamente esto último es broma, pero no nos sale reírnos. La sombra de las palabras de la doctora Alegre nos sobrevuela. Tenemos las manos muy apretadas sobre la mesa. De dinero, de momento, no nos atrevemos a hablar. Pero ya tenemos dos nuevas palabras clave en este viaje: escribir y estradiol.

31. Comecocos

Berta me envía por *mail* las maquetas de la cabecera del que será mi blog personal. *¿Qué se puede esperar cuando (aún no) se está esperando?* «Es una propuesta de título.» Pero ya he aprendido que cuando Berta dice propuesta es sinónimo de imposición. «No sé, todos los que has mandado me parecían muy apocalípticos, menos el de *Quién quiere ser madre,* que tiene un punto, pero me parece mejor este, sin duda. Para mí, tiene un guiño al librito de marras que va a conectar con mucha gente...» De acuerdo. Al menos el diseñador no ha optado por el rosa, ni por las flores ni los animalitos ni los relojes derretidos de Dalí para la portada. Una foto en blanco y negro de una chica de espaldas, tendida en una cama. No está mal.

«Ya he propuesto a los del departamento jurídico que firmemos el próximo día 29 tu contrato.»

Ok, Berta.

Empiezo a subir el primer texto del blog al gestor de la página:

Blog: ¿Qué se puede esperar cuando (aún no) se está esperando?

Estado: Borrador

Fecha: 25 de noviembre, 11:23 a. m.

Autor: Silvia Nanclares.

Título: Pac-Woman contra el tiempo.

Entradilla: Aprende a jugar en el laberinto de la reproducción con este sencillo tutorial. Incluye trucos y dificultades de cada pantalla.

¿Has sentido recientemente la llamada de la reproducción? ¿El deseo de ser madre se ha hecho un hueco en las listas de propósitos para el nuevo curso? ¿Tú también has notado cómo todos los relojes apuntan hacia ti? Si te sientes como el personaje del Comecocos, huyendo de variados fantasmitas —seré o no seré— y alimentándote de pros y contras, has llegado a la decisión de que quieres reproducirte. Te dejamos estos trucos para pasar con éxito cada una de las pantallas de este videojuego vital.

Nivel 1. Olvídate de la protección

Bien, ya te has hecho quitar el DIU, hace un par de meses que dejaste la píldora y, ahora sí, ya vas a empezar a prescindir de los preservativos. No tienes pareja o tu pareja también es una mujer y vais a recurrir a la reproducción asistida. Puedes gritarlo a los cuatro vientos o mantenerlo en el más estricto de los secretos. Pero sobre todo: disfruta. Esta frase la vas a oír a menudo a lo largo de tu proceso de búsqueda, que, aunque sea para que no tengas que escuchar los consejos de la gente, deseamos que sea muy breve.

Premio: Con la novedad, tu pareja y tú volveréis a disfrutar como hace tiempo que no lo hacíais. Frecuencia y calidad llenarán vuestros encuentros afectivo-sexuales. Al menos, durante el primer mes.

Nota: Si eres primípara tardía, no esperes mucho más de unos meses intentándolo por el sistema habitual. Aunque todo el mundo te eche treinta y cinco, tus óvulos tienen cuarenta, es un hecho. Infórmate sobre los modos para optimizar tu fertilidad o sobre los métodos de reproducción asistida más idóneos para ti. Y empieza a ahorrar.

Nivel 2. Monitorizando el ciclo

Pero, un momento, debes saber que solo somos fértiles unos seis días al mes. En concreto, en un ciclo «normal» de veintiocho días, entre el día once y el dieciséis del ciclo. Importante: el ciclo comienza en el momento en que se produce el primer sangrado —recuerda, sangre color rojo, no cuentes desde los chubascos previos al primer día—. Atención, muchas comillas para el adjetivo «normal» en todo este proceso. Eso significa, por ejemplo, que no todas las mujeres tienen ciclos de veintiocho días, por lo que habrás de encontrar tu propio patrón de ovulación. Este puede ser un buen momento para internarse en el submundo de las aplicaciones que monitorizan el ciclo. Un sector tecnológico en alza, por si estás pensando de paso en invertir.

Premio: Si aciertas el día que ovulas cada ciclo sin necesidad de usar la tecnología, preséntate a la NASA como ingeniera bioquímica, tendrás posibilidades con alguna vacante.

Nota: El óvulo solo vive cuarenta y ocho horas desde que es expulsado por el ovario, pero como los espermatozoides sobreviven hasta setenta y dos horas al cobijo del moco cervical, la franja fértil se amplía dos días antes y dos días después del momento de la ovulación.

Nivel 3. Test de ovulación

¿Recuerdas a tu madre anotando cifras en un cuadernito cuando eras pequeña? Medía con un termómetro su temperatura basal, la cual asciende un poco justo después de la ovulación. Esas notas son la antigua versión del método de detección de la ovulación. Ahora, tu test de ovulación digital podrá decirte gracias a un rápido análisis de tu orina si estás ovulando. Una carita sonriente significará que estás ovulando. Una carita sin expresión significará que no estás ovulando. Si no te convence el test digital, pasa a comprarte un *pack* de tiritas detectoras de ovulación, también a través de la orina. A muy buen precio en Amazon. También puedes continuar la tradición familiar y anotar tu temperatura nada más despertar. Además de ayudarte a detectar la ovulación, te dará valiosa información sobre tu ciclo.

Premio: La textura de tu flujo también será un indicador fiable para averiguar en qué fase del ciclo estás. Bienvenida a un nuevo deporte no federado: escrutadora de bragas *indoor.* ¡Suerte!

Nota: Si no encuentras la carita sonriente o tus tiritas no se tiñen de azul un solo día, no entres en estado de pánico (aún no): no es que no ovules, es que estos sistemas solo detectan la subida de la hormona luteinizante o LH, por lo que tendrás que hacértelo *antes* del día que prevés que vas a ovular. También podemos tener ciclos anovulatorios, es decir, sin ovulación, lo que entra completamente dentro de lo esperable y saludable.

Nivel 4. El semen

Gran olvidado de esta odisea. Y, sin embargo, hasta que no se demuestre lo contrario, el semen parece fundamental, chicas. En las clínicas de reproducción lo proporcionan con diferentes precios, según el tratamiento asociado. En la web de la empresa danesa Cryos puedes conseguirlo contrareembolso y hacerte tú misma la inseminación casera. En caso de tenerlo en casa, no te confíes, la edad también afecta a la calidad del semen y, es un hecho, un alto porcentaje de los mozos patrios (mi chico, sin ir más lejos) tiene el semen que se conoce popularmente como «vago»: escaso en términos de cantidad, con malformaciones (por ejemplo, sin colita) o un poco despistado: en vez de ir en línea recta a la zona franca donde dejarse atrapar por el óvulo, se pierde por los caminos inescrutables del cérvix o cuello del útero.

Premio: En el mercado existen unas maquinitas para detectar cantidad y calidad del semen. Vamos, animaos. Que no se diga que la venta de *gadgets* de fertilidad es solo para chicas.

Nivel 5. Un empujón

Pasado un tiempo que consideres prudencial, o en caso de no tener pareja, o que tu pareja sea una mujer, pídele a tu médico de cabecera que te derive a la unidad de reproducción asistida de tu comunidad. Si tienes más de cuarenta, tendrás que acudir a una clínica privada. La Ley de Reproducción Asistida de 2006 (LRA 2006) deja fuera a aquellas mujeres mayores de cuarenta años. Esa es solo una de sus múltiples fallas.

Premio: Si aún no lo has hecho, ve a ver a una ginecóloga. A una buena ginecóloga, feminista, a ser posible. De hecho, todas deberíamos ir a una ginecóloga habitualmente. Es más, deberíamos manifestarnos frente al Ministerio de Sanidad para que hubiera una ginecóloga feminista en cada centro de salud. Si hay algún ginecólogo feminista en la sala, estaremos encantadas de conocerlo y entrevistarle.

Ah. Y, por lo que más quieras, no entres en los foros.

Nivel 6. Análisis

De hormonas para ella y seminograma para él, en caso de ser pareja heterosexual. De VIH y hepatitis B de paso, también. Así te aseguras. En caso de ser dos mujeres, análisis para las dos, quizá os sirva para decidir quién será mejor «receptora». Es probable que os manden pruebas como la histerosalpingografía, que detecta si tus trompas están obstruidas y por eso no se está produciendo la fecundación —siempre pienso en el anuncio de Calgonit—. No poca gente se queda embarazada después de esta prueba desatascadora, aunque a veces es innecesaria.

Premio: Lo vais a hacer, pero NO metáis vuestros resultados en internet. La Ley de Protección de Datos no tiene un apartado específico para este extremo. Esperad a que vuestros médicos analicen los resultados, ya que, sobre todo en nuestro caso, los valores se interpretan comparativamente.

Nota: Los valores cruciales en tus análisis (ella) son la FSH (hormona foliculoestimulante) y la LH (hormona luteinizante), ambas producidas por la hipófisis. La mejor persona para descifrarlos es tu ginecóloga.
Para él: cantidad, movilidad y morfología.

Nivel 7. Inseminación artificial (IA)

Es lo que algunos profesionales sanitarios llaman «coitos optimizados». Mala metáfora para lesbianas y solteras. Después de estimular levemente tu ovulación mediante el suministro de hormonas, se introduce el semen ese famoso día exacto en que ovulas llegando solamente un poquito más allá de donde llega la penetración, es decir, al interior del útero.

Nota: Si tienes más de cuarenta años y en función de los promedios de tus análisis, es muy habitual que se salten recomendarte este paso. *Don't panic!*

Nivel 9. Fecundación in vitro (FIV)

Para comenzar un ciclo de fecundación in vitro mediante fecundación convencional o mediante ICSI —siglas que responden en inglés a la técnica de microinyección espermática y usada casi por defecto en los procesos in vitro—, lo primero será estimular tus ovarios a través de hormonas por vía intramuscular. Después, detección del número de ovocitos maduros mediante ecografía y punzamiento con sedación para aspirar y extraer el líquido rosado folicular de dichos ovocitos, con el que se crearán varios óvulos en el laboratorio. Recogida y preparación del esperma, introducción del esperma en los óvulos óptimos, espera y rezo para que los embriones maduren, clasificación de los embriones por categorías de calidad (A, B, C o D), inserción de un máximo de tres embriones por ley (la LRA 2006 no permite más quintillizos por sorpresa) vía transferencia uterina, y congelación de los sobrantes, nueva espera y rezo máximo para que se produzca la implantación. Vuélvelo a leer. La letra pequeña de lo que te harán firmar antes mejor no la leas. No. Es broma.

Nota: Pese a los positivos anuncios de las clínicas de reproducción, hay una realidad: la FIV-ICSI entraña ciertos riesgos para la salud de la mujer y tiene un margen de éxito limitado. Es bueno informarse a fondo antes. La Sociedad Española de Fertilidad (SEF) tiene información valiosísima a disposición pública.

Nivel 9. Ovodonación

Sí, ya sabemos que querrías que tu hijo se pareciera a tu papi y a tus hermanos, esos ojazos verdes, ese pelazo ensortijado, pero los vínculos afectivos no entienden de ADN y sangre. ¡La maternidad es para quien se la trabaja! Este verano acompañé a una compañera de trabajo a hacerse «una transfe», es decir, la implantación de un embrión de otra pareja, y aprendí que las probabilidades de éxito de la ovodonación triplican las de la fecundación in vitro. También pueden hacer que el semen de tu compañero, en caso de tenerlo y de estar —el semen— en buenas condiciones, se junte mediante ICSI con un óvulo donado.

Nota: Lo de donado es un eufemismo. Los óvulos son comprados por las clínicas a mujeres que necesitan dinero, y posteriormente vendidos a ti. Altruismo, el justo. Ni esto ni las probabilidades de éxito de la ovodonación te serán revelados a priori en las clínicas de fecundación in vitro, porque también es una opción mucho más económica. Piénsatelo.

Nivel 10. Betaespera o fase previa al test de embarazo

Este es un estadio complicado. Sabemos que ya has entrado en los foros. Está bien. Entra. Pregunta. Cualquier síntoma, por descabellado que te parezca, habrá sido tecleado previamente antes por otra mujer en alguna parte del mundo. Y sin faltas de ortografía.

Si estás histérica los días antes de que termine tu ciclo, es lógico: Orgullo Histérico. No todos los días llega una hasta esta pantalla del videojuego. Si te viene la regla, comienzas otra nueva partida. Si no hay regla y tu prueba de embarazo da positivo, ya puedes oficialmente ponerte a dar saltos. Pero no saltes mucho, no vaya a ser que se te desprenda el blastocito.

Hasta aquí el desglose de pantallas de hoy. Hay muchas maneras de formar una familia, y no todas están en este *post*. Ah, y recuerda, cada cuerpo y cada pareja es un mundo. Otra cosa: lo más habitual será obsesionarse. Obsesiónate, está bien. Comparte tus paranoias. Tus miedos. Habla de ello. Hay muchas más personas en tu situación. Si te apetece contarlo, cuéntalo. Si no, pues no. El ser humano, como ya intuíamos, es una especie inferior, poco dotada para la reproducción. La paciencia, en este caso y nunca mejor dicho, es la madre de la ciencia. Seguiremos informando.

Guardo la versión en borradores y se la envío a Berta. Me responde enseguida: «Lo vamos a enviar en el boletín de suscriptores, ¿de acuerdo? Y mañana a primera hora lo lanzamos en abierto. Yo hablo con la gente de Comunicación, pero estaría bien que lo movieras tú también por tus redes. ¿Ok?».

Además de un montón de visitas, algo anormal todavía en el período en que el artículo solo es accesible para suscriptores, recibo un Telegram de Marina. Sin ningún emoticono.

Marina
Cuando te dije que no dijeras ni mu de mi transfe no me refería a contárselo a todos los suscriptores del periódico.

Reacciono de manera infantil, como mejor sé: cambiando de tema.

Silvia
Oye, me he enterado de que te van a pasar
a Cultura. ¡Enhorabuena!

Marina
De aquí en adelante no me saques más en tus posts.
Y enhorabuena a ti por el blog, va a funcionar muy bien.

El mensaje de Marina me abre un cráter de culpa en el estómago, tengo la impresión de haberme puesto pálida de golpe. Sigo escribiendo un artículo que me acaba de tocar sobre la calidad del sueño en la población española. Por suerte, el puesto fijo que me han asignado en la redacción no cae cerca de la mesa de Marina. Trato de respirar profundamente mientras tecleo.

32. Los alimentos terrestres

Hemos salido a celebrar el nuevo contrato con mi madre, como habíamos quedado. Últimamente hago bastantes cosas con ella. Necesitamos pasar tiempo juntas, hablamos mucho, desgranamos una y otra vez historias, normalmente de mi padre. Aún no le he contado que desde hace un tiempo me cuesta llorar. Ella, sin embargo, se emociona cada dos por tres cuando hablamos. También me dice que sueña muchísimo con él. Casi todas las noches. Le digo que eso es bueno, significa que está viviendo el duelo. Consejos vendo, para mí no tengo.

Aprovecho para contarle también lo que nos han «diagnosticado». Y así también se lo he contado a Alba, Estrella y Mara: «Un piano de tres letras nos ha caído en la cabeza. Dame una F, dame una I, dame una V: ¡fecundación in vitro!». Aunque todo el mundo, sobre todo Alba, a la que tengo frita con llamadas intempestivas para preguntarle dudas, le quita importancia y nos anima a lanzarnos, nosotros estamos preocupados por el índice desbaratado de estradiol. No llegamos a contárselo a todos los bienintencionados que nos animan, así que sonreímos como si efectivamente pudiéramos empezar a hacernos la FIV el ciclo que viene. Del dinero seguimos sin hablar.

Gabi llega a la terraza del bar donde estamos mi madre y yo, enfrente del Retiro. La cercanía del invierno no acaba de ahuyentar las temperaturas suaves, como si fuera imposible reeditar el frío del año pasado.

—¿Has leído el *post* que me han publicado, mamá?

—Aún no, pero os he guardado esto del *Semanal* —saca del bolso un recorte. Son tan tiernos esos recortes guardados, verdaderas joyas con brillo propio entre el arsenal de enlaces por leer que inundan los escritorios de nuestros ordenadores.

Es un artículo sobre las madres «rezagadas». Me cabrea la capacidad del redactor para señalar a las entrevistadas, con el apoyo de unos cuantos expertos, como esa especie de «despistadas que se durmieron en los laureles». ¿O será que me he visto de pronto retratada por el artículo?

—Es que a vuestra generación se os ha ido un poco lo de ir dejándolo, hija...

Doy rienda suelta a mi indignación.

—¿Nadie va a contar que el síndrome del aplazamiento es una tendencia demográfica? Sobre todo en el sur de Europa, donde no hay casas asequibles ni hay trabajo y la falta de políticas públicas lo único que hace es echarte a los brazos de la propia familia. ¿Y sabes lo que dice un sociólogo italiano sobre Italia y España? «Donde hay mucha familia, hay pocos bebés.»

Mi madre me escucha, pero sin darme mucho crédito. Gabi, que es más flemático, ha conseguido leer entero el artículo y me muestra las declaraciones de una nutricionista. Me señala un destacado: «La edad es un factor que nunca hay que tomar aislado. Somos la suma de una serie de muchos factores: materiales, ambientales...».

—Hombre, por fin alguien dando un poco de luz. ¡Anda! ¡Si esta es la nutricionista de la que me habló Marina! Ella está o estuvo yendo.

—¿Llamamos?

—Bueno, si va Marina tampoco es tan buena.

—¿Quién es Marina?

—Una compañera de *El Papel*. Tiene cuarenta y seis años.

Mi madre pone los ojos en blanco.

—Va, Silvia, probad. Total, una dieta a vosotros dos mal no os va a venir.

Pasamos por alto con una mirada cómplice la pullita de mi madre acerca del índice de masa corporal total de nuestra pareja.

Yo dudo, creo que variar nuestra alimentación para ser más fértiles nos hará obsesionarnos más. Aunque más pánico me da todo el proceso hormonal al que te empuja la FIV, que además pasará exclusivamente por mi cuerpo.

—Venga, Gabi, aun a malas, sacaré material para el blog.

—Pídele el teléfono.

—¿A Marina? No, que ahora me odia por haber hablado de ella en el artículo.

—La busco. Aquí está: Verónica Deva, alimentación y fertilidad. No está mal la web.

—Vale. ¿Llamas tú? —tratamos de que el trabajo de gestión de las consultas caiga repartido, si no, la inercia haría que yo me hiciera cargo de todos los trámites.

Gabi llama. Consigue cita. Tampoco es fácil, parece que todos los profesionales relacionados con la fertilidad están hipersolicitados, hay algo en todo este sector médico teñido de ansiedad. Finalmente nos hace un hueco, y a los dos días estamos en su consulta. Lo primero que nos llama la atención es que, contrariamente a esa tendencia a pisar el acelerador que existe en todo lo que concierne a la maternidad tardía, el discurso de Verónica, la nutricionista, es el único que habla de parar el carro y de no tener miedo a esa sensación de tiempo en contra con la que lidio cada día. Y Gabi también.

Verónica, enfermera experta en nutrición, es menuda, muy habladora. Nos recibe en su casa; sus tres criaturas corretean por el salón. Nos explica, en la primera cita, cómo la exposición a tóxicos medioambientales es la culpable, junto con el posible fallo ovárico asociado a mi edad, de mi alto nivel de estradiol.

—Los estrógenos —dice— están en todas partes. Cosmética, productos de limpieza, fertilizantes, plásticos, comida que ha estado expuesta a esos fertilizantes o que viene emplasticada... El estrógeno se adhiere a tus tejidos. Produce miomas, concentraciones, bultos, fibromas. Tu fibroadenoma del pecho probablemente lo haya producido la toxicidad que tu hígado no ha sido capaz de depurar.

¿El exceso de estrógenos en el cuerpo produce monstruos?

Verónica nos hace un dibujo de la hipófisis, «una de las directoras de orquesta del sistema hormonal», una glándula muy compleja que anida en la base de nuestro cráneo.

—Ella está al mando de todo esto —dice sacudiendo nuestra carpetita de análisis—. Esta glándula es la encargada de secretar las famosas LH y FSH, los valores que tú tienes un pelín disparados, y estos valores son los que nos permiten leer un fallo ovárico.

Vuelvo a alejarme, a empezar a sentirme pequeñita, encerrada en este cuerpo mío tan inapropiado, pero enseguida mi amor propio se rebela: me resisto a convertirme solo en cerebro y útero. Pero al menos este plan es compartido —el semen de Gabi también es sensible a la exposición estrogénica— y nos deja más margen de acción y capacidad de agencia que el rodillo de la in vitro. Tal vez solo se trate de ganar tiempo.

—¿Por qué lo llaman «fallo» si es simplemente la evolución de mi sistema endocrino? Es normal para mi edad, ¿no?

—Tienes razón, Silvia, todo está explicado en términos de éxito o fracaso. En realidad, estos análisis lo único que nos dicen es que tienes cuarenta años, ni más ni menos.

Verónica también nos habla del peligro del exceso de estrés y de la importancia de tener relaciones, como mínimo, dos veces por semana. Sexo fértil, lo llama.

Asentimos, sin abundar mucho en detalles. Tal vez para la próxima. Salimos de la consulta con un montón de recetas y listados de *Do's and Dont's:* alimentos que favorecen la fertilidad e interruptores endocrinos. Volvemos en el coche y Gabi propone pillarnos dos menús para llevar, al paso por un Burger King. Cenamos felices chorreando kétchup.

Los rituales de despedida son importantes.

33. Solsticio de juventud

21 de diciembre. Ha nacido el niño de Mara y Nieves y, tengo que reconocerlo, el acontecimiento me ha removido de arriba abajo. Estoy feliz por ellas, por supuesto, sí, pero a una parte de mí es como si le hubieran clavado una estaca en el corazón, un corazón corroído por la envidia.

El nene es microscópico. Se llama Ur. Significa agua en euskera. Lo eligieron porque no deja, a priori, marca de género. Los nombres *queer.* ¿Se nos están yendo de las manos?

En el portal de Belén estamos todas sus Reinas Magas. En serio, la clínica se llama Belén, un lugar donde hacen parto respetado a cambio de una hermosa cantidad de dinero. Mara viene aquí porque sigue en la nómina del seguro de su padre, que es un gran seguro. Esas somos nosotras: rondando los cuarenta años y dependiendo aún de los recursos de la generación de nuestros padres.

Les entrego la mantita que ha tejido mi madre para Ur.

—Preciosa. Dale las gracias a tu madre —me dice Nieves—. Las podría vender, ¿no?

—No le des más ideas a mi madre, no sabéis la última campanada: se nos va mañana de vacaciones a República Dominicana. Nos ha dicho que pasa de cenas, de cocinar, de comidas y de todo. «No quiero estar aquí, no quiero que hagamos todo lo que hacíamos con tu padre pero sin él, siempre he odiado la Navidad y ahora ya no tengo ningún tipo de aliciente para quedarme», dice. ¿Qué te parece?

—Pues me parece muy bien.

Y a mí. Por un lado me alegra, es mucho lo que me está enseñando mi madre este año con su capacidad para sobreponerse y no dejarse hundir por la pena. Pero por otro soy la niña huérfana que por primera vez tendrá que anfitrionar la Navidad. ¿Me estaré convirtiendo en una Mrs. Scrooge?

Me despido y vuelvo a envidiar el cansancio, la placidez y el remolino de hormonas que envuelven a Mara, la punzada agridulce que ese ser microscópico me produce.

En casa, me concentro en ordenar la cesta ecológica que Gabi ha dejado sobre la encimera de la cocina. Hortalizas, frutos secos, verduras y frutas, todo muy colorido. El betacaroteno que da el tono rojizo y naranja a la calabaza o la zanahoria es un aliado magnífico para preparar el cuerpo fértil, nos ha dicho Verónica.

Entre cremas de calabaza y fuentes de ensalada de escarola con granada, vamos digiriendo este proceso: que estoy más cerca del fin de mi vida fértil de lo que creía.

Vida fértil. Ni siquiera sabía de su existencia hasta hace poco, y resulta que ahora toca a su fin. Esta es la realidad que más me cuesta encajar. Porque es un indicador inexorable del paso del tiempo, por más que yo no me sienta —y puede que no parezca— una cuarentona, o que incluso esté en contra de esta etiqueta. Por más que los cuarenta sean los nuevos treinta, o los nuevos veinte y el jueves el nuevo domingo y el viernes el nuevo martes, como nos quieren hacer creer las páginas de tendencias, incluso por más que me esfuerce en mimar mi hipófisis, hay aquí una cruda enseñanza no apta tal vez para Peter Panes de extrarradio como yo: el tiempo pasa. Mi padre, por ejemplo, ha muerto.

Algo vibra entre las zanahorias con tierra y los calabacines.

Gabi
Me acaba de saltar la alarma de la *app* y, según nuestro querido gatito, ovulas el mismo día 24.

Silvia
Qué casualidad.

Gabi
He pensado en quedarme en Madrid en Nochebuena
e irme el 25 a Burgos. Así probamos mañana y el 24.

Claro que sí, no hay que desperdiciar una sola oportunidad de tener un hijo gratis... Desde que fuimos a ver la última vez a la doctora Alegre, ya no pienso en una concepción natural, pienso en un embarazo gratuito.

Y a fuego lento.

34. Construir un nido

Yo también he decidido, en la medida de lo posible, obviar las Navidades. Mi hermano mediano, Gabi y yo sustituiremos la cena navideña por un maratón de películas. ¿No es la fantasía de cualquiera? Bajar las persianas, apagar las luces tintineantes y pretender que no es Navidad. Tenemos cava, muchos quesos ecológicos, ginebra, tónica y turrón suficiente para surtir a un ejército pagano.

—Félix, ¿el turrón se guarda en el frigo?

—No sé, eso siempre lo hace mamá.

—¿No vas a echar de menos la pularda rellena de la tía Sole? Ya nos vale, hermano, a nuestra edad mamá y papá montaban cenas de Nochebuena para quince personas.

Entra Gabi haciendo mucho ruido y gritando por el pasillo:

—¡Mira a quién me he encontradoooo...!

A su lado, la pequeña Clarita, con el pelo perfectamente teñido, una blusa limpia y sus manos como siempre enrojecidas de fregar los cacharros, se agarra a nuestros brazos para alzarse y plantarnos sus besos sonoros.

—Feliz Navidad, Clarita. Mira, este es Félix, mi hermano.

—Qué guapos sois todos en esta familia, por Dios. Encantada, hijo. Yo soy Clara, la vecina de enfrente. ¡Qué bonita habéis puesto la casa! ¡Ay, qué cambiada está! —Clarita no deja de hacer ese comentario cada vez que entra en nuestra casa.

Gabi me hace señas para que lo acompañe a la habitación. Me explica en voz baja que, aunque Clarita no lo va a reconocer, no tiene con quién cenar.

—Su hijo está lejos, como siempre.

Aún no sabemos si ese lejos es el extranjero o un pueblo de las afueras de Madrid. Clarita se violenta cuando hablamos de su hijo y siempre pasa volando a otro tema.

—Con evasivas y tal, pero me ha dado a entender que va a estar más sola que la una esta noche.

—¿Qué hacemos?

Está claro.

En un rato ya hemos improvisado una cena de Nochebuena uniendo nuestras modernas viandas con la fuente de lombarda con pasas y piñones de Clarita.

—Esto es buenísimo para la resaca, niños. Esto es de toda la vida.

Gabi y yo pensamos que, además, encaja perfectamente con la dieta prescrita por Verónica. La familia de las coles derrocha betacaroteno, elemento antioxidante ideal para las células.

A Clarita le encanta el cava. Y mi hermano. Se ha sentado a su lado y no deja de agarrarle el brazo. Él parece estar a gusto, no hace más que sonsacarle historias del Madrid antiguo.

—Yo llevo aquí desde el cincuenta y pico. Ahora la empresa que ha comprado el edificio está esperando a que nos muramos todos los viejos que quedamos para reformar los pisos. ¡Son unos mangantes! Si esto antes era el arroyo, como el que dice. Al final de esta calle, sin ir más lejos, había un poblado de chabolas. Mi marido trabajaba en el antiguo matadero.

El cava sigue corriendo y Clarita no nos va a la zaga. Mi hermano y yo recordamos cuando mi padre sacaba una y «otra botellita» antes de que estallaran en mil pedazos dentro del congelador. «Era un gran anfitrión, ¿verdad?» Siempre yendo de un lado a otro de la casa, sonriente y servicial, con la camisa remangada, ocupándose de la intendencia y del calor. A mi hermano se le escapa alguna lágrima y Clarita se enternece al ver a un hombre tan grandote como Félix hecho un flan.

Le enseñamos una foto de mi padre y, por supuesto, le parece un hombre guapísimo.

—¿Y quién vivía en esta casa antes? —se le ocurre preguntar a Félix.

—Margarita. Vivía aquí al final con su hermana. Porque era machorra. Sí, de las que se quedaron sin hijos, vamos. Nada, su marido y ella, ni uno.

—Ah, pero ¿tenía marido? Yo creía que machorra significaba...

—Claro que tenía marido. Y el caso es que la mujer se quedaba. Pero los perdía. Qué disgusto.

—Bueno, tampoco pasa nada si una no es madre, ¿no?

—Pasa y no pasa. Ella era guapísima, elegante, lista. Pero tenía ahí dentro algo. Se le notaba en la cara, como ensombrecida. ¿Y esta casa tan grande? Vacía.

Pienso en las bondades ocultas de la vida sin hijos de la presunta machorra de las que Clarita nunca tuvo noticia y en lo duro que debió de ser para Margarita representar el papel de Yerma en la escalera.

Le exponemos el programa de películas a nuestra invitada, y se entusiasma. Decidimos empezar con *Plácido,* que aparece en la lista y que es de las pocas que Clarita reconoce. Ella será la única que no la vea como un ejercicio de arqueología sino como lo que es: un retrato de «sus tiempos».

Cerca de las tres, la llevamos Gabi y yo a su casa; trastabilla un par de veces en el rellano, para mí que está pelín borracha.

A la vuelta, mi hermano y Gabi siguen la sesión continua con *Mujeres al borde de un ataque de nervios* y yo aprovecho para encerrarme en la habitación del fondo a escribir. Desde allí escucho las risas con las escenas que los tres nos sabemos casi de memoria.

Sobre las cinco de la mañana, Gabi:

—¿No vienes a la cama? Le he preparado el sofá a tu hermano, que se queda a dormir.

—Gracias, guapo.

—Yo me acuesto ya. ¿Qué haces? ¿Vas a sacar también en el blog a Clarita? Ya lo veo: «Las machorras».

—Muy gracioso. Voy a terminar una cosa.

—Anda, vente ahora. Tenemos que procrear...

—¿Te importa que lo hagamos mañana por la mañana antes de irte? Oye, Gabi, ¿a ti te jodió que escribiera lo del semen vago en el *post* del blog?

—No, a mí me jode que no te vengas a la cama ahora.

—No, en serio.

—Vente y te lo cuento allí.

—Gabi, voy a acabar esto. ¿No te molestó de verdad? Me lo hubieras dicho...

—No —el tono de Gabi es más exasperado—, es importante hablar de ello en público. Se menciona poco. Y parece que media España tiene el semen vago. Anda, vente a la cama.

—Más de media. Cómo bebe Clarita, ¿no? Creo que mañana va a necesitar la lombarda. Voy a acabar, ¿vale?

Termino de escribir, dejo el texto sin publicar en mi página de Facebook. Voy apagando las luces de la casa hasta llegar al salón, donde mi hermano se ha quedado dormido viendo *Ex Machina*. Paso un rato viendo a Oscar Isaac obsesionado con su cíborg mientras como turrón, la escritura me ha dado hambre.

Cuando llego a la cama, Gabi ya está también dormido. Pero a las pocas horas, aún es de noche, echamos probablemente el polvo más triste de nuestra historia. No es un coito optimizado ni mucho menos. Gabi tiene que irse a Burgos nada más terminar, quiere llegar a comer con sus padres. Ya acordamos que no tendría por qué acompañarle: este año no podría pasar la Navidad con otra familia.

Me levanto y recorro la casa. El olor a tabaco del salón me transporta a las mañanas de Navidad de mi infancia, único momento del año en que nuestra casa familiar se despertaba desordenada. Las bandejas con restos de turrón, las copas de cava con líquido a distintas alturas, la cubitera llena de agua helada, los pies descalzos sobre las migas. Mi hermano sigue durmiendo en el sofá, la cama de invitados intacta. Bajo las persianas para que el sol no le despierte y me llevo el ordenador a la cama.

En vez de consagrar mi día de no-Navidad a escribir el *post* navideño que mi jefa me ha encargado, le doy al botón de publicar para lanzar el texto que escribí ayer: se titula «Querido Valentín», y es una enumeración de léxico familiar, un montón de palabras que solo decía él y que ahora tengo miedo de que se pierdan. Un vídeo de Narciso Yepes interpretando el *Romance anónimo* completa el *post*. Me quedo escuchando los acordes de la guitarra y sintiendo cómo alguna compuerta está a punto de abrirse dentro de mí, con la violencia del orgasmo que no he tenido. Todo el llanto acumulado va subiendo a mis ojos, imparable. Pero, antes de la tromba emocional, aparece mi hermano en la puerta con cara de resaca, masajeándose las sienes con las manos:

—Lombarda para desayunar. ¿Qué tal lo ves?

—Anda, ven. Vamos a mandarle un vídeo a Vero, así, con estos pelos y en pijama.

A Vero, esta primera parte de la Navidad le ha tocado pasarla con su madre.

Tiene tres años, y todo el mundo que nos ve juntas me dice que si tuviera una hija no me saldría tan parecida.

Si tuviera una hija...

35. Desclasamiento

A Rafa también le ha tocado pasar la primera parte de las vacaciones navideñas con su hija.

Estamos en su casa, con las uvas preparadas. A Silvestre solo le hemos puesto seis, las de su edad, en un cuenquito, mientras nuestras dos copas, con doce uvas cada una —peladas, don Rafael es muy maniático— esperan sobre la mesa el momento ritual. Junto a ellas, dos velas manchadas de nata sobre el mantel de hule. Un 4 y un 1. Rafa tiene la mala suerte de haber nacido el último día del año: la celebración de su cumple siempre se solapa con las campanadas.

Rafa y yo hemos pasado muchos cumpleaños juntos, pero casi nunca tan solos. Todos nuestros amigos con hijos se han ido a celebrar la llegada del año nuevo a una casa rural. Los sin hijos están desperdigados por cenas y fiestas a las que yo, en mi política estajanovista de negar la Navidad este año, he declinado acudir.

Mañana Rafa tendrá que entregar a Silvestre a Paz, su madre, para que pase el resto de las vacaciones con ella. Silvestre va corriendo por la casa con el subidón de azúcar y chocolate ocasionado por la tarta de cumpleaños de su padre. Rafa desaparece entonces un buen rato para intentar calmarla un poco antes de las uvas a base de cuentos. Me quedo sola buscando en el ordenador cuál será el canal menos malo para ver la retransmisión de las campanadas. Y me siento, de pronto, colgando de un hilo.

Le he comprado a Rafa una planta de girasol por su cumpleaños. *Helianthus annuus.* «Calom, jáquima, maravilla, mirasol, tlapololote, maíz de teja, acahual o flor de escudo», leo ahora en la etiqueta que cuelga del lazo que aún luce el tiesto ya desenvuelto sobre la mesa. Sé que a Rafa le ha encantado la planta porque me ha abrazado de una manera especial. También sé que cuidará de la planta con ayuda de Silvestre, los días en que ella esté aquí.

«Mucha agua y mucho sol.» Durante el abrazo, le he transmitido a Rafa los consejos que me ha dado la florista. «Ya tienes cuarenta y un girasoles, abuelo.» Él es del 74 y yo del 75, aunque nos llevemos apenas un mes.

Recuerdo perfectamente cuando mi padre tenía cuarenta y un años. De hecho, esta ha sido una edad que siempre he asociado con él. Es la edad con que se me apareció en el primer sueño. Una edad aún ligera. Con camisa de verano de hombre y pantalón de pinzas, una edad con llaves de coche en la mano y dinero suelto —pesetas— tintineando en el bolsillo. Tener cuarenta y uno era volver del trabajo a comer a casa gracias al horario de verano y ver juntos el Tour. Días sin aire acondicionado. Papá conduciendo de noche de un tirón hasta la playa en agosto. Rafa y yo tenemos, sin embargo, un sentido de la familia distinto. No hay patriarca al volante. Y tampoco está tan mal lo que hemos construido. Pertenecemos a una retícula de amigos más o menos frágil y dispersa pero que lleva más de veinte años palpitando, con sus incertidumbres echando raíces en casas alquiladas. Sabemos que estamos ahí, como reconfortantes ventanas iluminadas durante un paseo una noche de invierno.

En otro final de año ya cada vez más lejano, Íñigo y Laura nos anunciaron que iban a tener un hijo. Fue un *shock* para la pandilla en pleno. Aunque ya teníamos edad biológica de sobra para haber procreado y criado, el mundo de la reproducción aún no nos había tocado tan de cerca, al menos no representado directamente por personas que eran *como nosotros*. Poco después, el hermano de Íñigo y su novia se quedaron totalmente de improviso y decidieron, contra todo pronóstico, seguir adelante, atrayendo así a la órbita de nuestras vidas otra nueva y pequeña llamada Martina. Comenzaba así la moda de la recuperación de nombres tradicionales que hasta ese momento nos habían sonado «de abuela». Nuestra pandilla, llena toda ella de Davides, Danieles, Cristinas, Martas, Elenas, Ivanes, Nachos y Evas, comenzaría así el siglo XXI poblando las escuelas infantiles y los parques con nombres que no hubieran desentonado en el hemiciclo de la Segunda República: Mateos, Martines, Tomases, Juanas y Manuelas. Silvestre, por su parte, llegó ya a los saldos de los nombres tradicionales. La onomástica ha retrocedido generaciones, y los nuevos abuelos asumen el estropicio en el registro civil con resignación y sin acabar de entender muy bien la tendencia.

Yo, por mi parte, ya casi tengo convencido a Gabi para llamar a nuestro futuro —cruzo dedos— blastocito Valentín o Valentina. Aunque mis razones poco tienen que ver con la moda arcaizante.

Toda esta nueva banda de criaturas con nombres propios solemnes empezó a ocupar poco a poco rincones protegidos en las habitaciones de nuestras fiestas de cambio de milenio, acostumbrándose a dormir con la música bien alta a horas intempestivas. ¿Hacía ya entonces catorce años de ese primer anuncio de Íñigo y Laura que hizo tambalearse nuestro suelo? Sí.

La juventud es la edad de los amigos. Todo sucede en colectivo y no lo aprecias hasta que esa vida en grupo empieza a difuminarse paulatinamente en pos de la formación de los distintos núcleos familiares.

Comenzó entonces una invisible escisión dentro de la pandilla: los con hijos por un lado y los sin hijos por otro. Una callada segregación, un movimiento independentista que consistiría en horarios y hábitos que empezaban a dejar de cruzarse. La tendencia del nuevo sector «padres» a alquilar casas rurales y viajar en grupo contra la inclinación del sector «libre» a fumar cada noche un nuevo tipo de marihuana con los pies encima del sofá. Rafa pertenece a la segunda ola de padres del grupo, fue padre tardío, casi en la segunda década del siglo. ¿Y yo? ¿Dónde me situaré en esa división territorial? En una tierra de nadie, un terreno que no existe.

Aquí estoy, en casa de Rafa, en una cena con rutinas de infancia, aunque es probable que acabe arrastrada por Estrella a alguna fiesta donde me sentiré mayor que la media y donde bailaré sin preocuparme de a qué hora he de volver, porque nadie salvo mi *Calathea* espera mis cuidados. Y ya en casa echaré de menos a Gabi y desearé ser la persona que era hace un año, en la habitación del hotel de Donosti, antes de todo lo que ha venido después.

A mi edad, ¿qué soy? ¿Una superviviente de la criba de la natalidad o una desclasada? Pertenezco a esa franja gris de los que aún coqueteamos con la idea de ser padres. Entre las mil notificaciones que se agolpan en mi teléfono, entra un Telegram de Gabi con emoticonos de amor y una leyenda: «Este es nuestro año, ya lo verás».

Después de las uvas se dejará caer algún que otro amigo para felicitar a Rafa antes de ir de fiesta. Brindaremos, haremos una larga sobremesa, y quizá explicaré a quien me escuche que Gabi y yo llevamos ya casi un año intentando ser padres. Alguien se interesará. Alguien se reirá escéptico. Alguien se empezará a liar otro porro. Alguien contará la enésima historia de padres primerizos que «hasta que no se relajaron, nada». Alguien jugueteará con las velas. Un 4 y un 1.

Solíamos ser más estruendosos, ocupábamos más espacio, correteábamos más hace catorce años, pienso mientras oigo el crujido de la tarima que anuncia la vuelta de Silvestre, desvelada, a la reunión.

¡Feliz año nuevo! Reuniones. Antes las llamábamos fiestas.

36. Desenredar el ovillo

Primer día laborable de enero y Gabi aún no ha vuelto de Burgos. No pasa nada, todo está bien, me digo. Pero estoy en la consulta de mi terapeuta, a la que ayer pedí una sesión de urgencia.

Es una mujer menuda y muy particular. Como una ardillita tenaz, siempre se ha caracterizado por cavar vías directas para llegar a sitios que nunca hubiera imaginado conocer. Gracias a nuestros encuentros, he elaborado durante años un relato de lo que me sucede, de mis deseos y mis miedos más abstractos. Nuestras consultas me recuerdan a veces esas tardes de infancia que pasaba ayudando a mi madre a desmadejar ovillos de lana. El movimiento coreografiado de las manos, la calma, las palabras, la sensación de necesitar y tener todo el tiempo del mundo —que luego era sorprendentemente breve— para deshacer la madeja, para enrollar el ovillo y hacer un jersey. Ovillarse contra desmadejarse.

—Esta mañana hemos ido a la gestora y al notario para la lectura del testamento. Ya por fin se han terminado todos los papeleos. Es increíble todos los trámites que es preciso hacer cuando una persona muere. ¿Sabes que hay que pagar el IRPF de los once días que vivió el año pasado? Siento que es como ir borrándolo, ir dándole de baja de aquí y de allá, como si se pudiera...

La terapeuta me pasa discretamente la caja de *tissues*. Ya conozco ese sonido sobre la mesa cubierta con tela de paño que nos separa, es el sonido previo al derrumbe y al callejón de gatos acorralados en la garganta. Dice que adelante, que lo estoy haciendo muy bien.

—Es que ahora me está volviendo todo de golpe, después de haber metido el duelo en el congelador con todo esto de la búsqueda del embarazo. Han sido tantos cambios este año. Y ahora está ahí, me vuelve a pasar, es revivirlo... Por ejemplo, no recuerdo bien cómo llegamos a casa desde el tanatorio. Sé que llovía a cántaros. Solo recuerdo dormir vestida junto a mi madre. La cama parecía inmensa. La misma cama donde había estado mi padre hacía pocas horas... Muerto, se sobreentiende. Pensé que eso era el amor.

»Dormimos poquísimo y prácticamente abrazadas, pero de un modo estático, como agarradas a una estaca. Fuera, la noche palpitaba sin dejar que llegara del todo el blanco del día. De ese color, blanco, fueron las mañanas y tardes sucesivas, de puro frías. Nos levantamos, volvimos a no comer, nos duchamos. Mientras me vestía, mi madre hizo un comentario sobre mi sujetador, que qué bonito era. En ese mismo baño desde el que había visto el cuerpo de mi padre abatido, el día anterior: "Qué sujetador más bonito". La realidad parecía seguir su curso.

»Cuando vi de refilón el reflejo de mi madre pintándose los ojos, recuerdo que pensé en cómo había pasado años espiando a mis padres, chequeándolos por los retrovisores de la casa, vigilando nuestras respectivas distancias de seguridad. Pensé que eso, en parte, se había terminado. Y que lo de maquillarse con esmero para ir al crematorio, era genio y figura. Mi madre me prestó un jersey, mi ropa de la batalla del día anterior estaba consumida, empapada de susto.

»Mientras tanto me comunicaba por Telegram con Gabi y Leila, que se estaban encargando de la música y de imprimir un texto que había podido escribir la noche anterior, antes de "dormir". Porque mi madre me lo había pedido. Yo estaba tan volada que ni se me hubiera pasado por la cabeza escribir algo. Yo, que siempre escribía cosas para los que se iban. "Tienes que escribir."

»Mamá y yo volvimos por la mañana en taxi al tanatorio. El tercer taxi en menos de veinticuatro horas.

»Entramos a la sala del día anterior. Recordé una discusión sobre señalizaciones que habíamos tenido unas semanas antes en la redacción. "Nadie se pierde en un tanatorio", había dicho alguien.

»Es cruel ver el nombre de tu padre en un monitor con el número asignado a una sala. Pero es verdad, nadie se había perdido. Mucha gente había logrado llegar hasta allí, casi todos mis tíos y tías, mis primos, algunos amigos, hasta mi primo pequeño había vuelto de Budapest.

»Se acercó el momento de despedirnos de verdad. Mi hermano Andrés estaba desconsolado, en un sofacito que había frente al cristal. Fui hacia él, me senté a su lado. Una de mis tías me pidió que la acompañara en un padrenuestro. Se lo negué. Qué tontería. Todos bailábamos en una coreografía lenta y torpe.

»Nos montamos en un coche de la compañía funeraria, mis hermanos y yo con mi madre, como si allí solo cupiera el núcleo duro. Nadie nos lo había tenido que explicar. El cortejo era una cadena de ADN que fluía enroscada por la M-30, desde el tanatorio hasta el crematorio de La Almudena, justo detrás del descampado donde estaba nuestro colegio, enfrente del Pirulí. Nuestro paisaje era ahora trastocado por aquella comitiva. Mi padre en otro coche, delante, solo, con un extraño al volante, como en una escenificación perfecta del abandono.

»Pero peor fue a la vuelta. Volver sin él. Eso se parecía mucho más a la traición. Cogimos la M-40 de camino a casa, la que había pasado de ser la casa de mis padres a ser la casa de mi madre. Sobre el túnel de O'Donnell diluviaba de nuevo. Todas las calles eran las mismas, pero ya nada era igual.

La terapeuta dice que ya es la hora y que nos vemos el próximo miércoles a las seis.

37. Rebajas de invierno

Parece que no puedo dejar de llorar. Pero me alivia, al fin. Me alivia. Me limpia, me sana. En todo este proceso de conexión con el cuerpo que está implicando nuestra odisea de la fertilidad, no había manera de seguir escurriendo el bulto del duelo. Por más que lo cubras, Silvia, hay que aprender a convivir con este agujero.

Voy a buscar a Gabi a la estación; la ciudad está atestada, típicos atascos previos al día de Reyes. De allí nos vamos a la calle Serrano, imposible aparcar por aquí hoy, tendríamos que haber venido en bus.

A las cinco tenemos nuestra primera cita informativa en una clínica reproductiva: Lilith. No, no la elegimos por el nombre, simplemente es la que tiene precios más bajos. La conversación sobre el dinero no se ha terminado de producir entre Gabi y yo, ambos sabemos cómo están nuestras cuentas. Pero, como comprobaremos enseguida, esta era una conversación para haber tenido antes y no durante la consulta.

Lilith es un centro de una cadena de franquicias, con decoración en serie y no muy cuidada, bastante más *low cost* que la clínica a la que acompañé a Marina en verano. Nos han hablado muy bien de la directora médica de Lilith y hemos pedido hora expresamente con ella. En la sala de espera, antes de lanzarnos en plancha a por el *¡Hola!* que preside la pila de revistas, nos dedicamos irremediablemente a escanear a las otras personas que hay esperando. Una pareja que se ve que ya es conocida en el lugar (de hecho, les despiden con un «¡suerte!» que nos hace pensar que acaban de ser «implantados»). Una parejita de chicas y una mujer que me hace recordar a Marina completan la nómina de la tarde.

—Pasad, chicos —una mujer muy sonriente exhibe sus *brackets* de colores y nos hace pasar a una salita. Entramos inmediatamente en modo Indefensión Aprendida, que es el que suele abducirte por defecto cuando estás en un entorno sanitario. Como decía mi padre: «En este país, cualquier persona con una bata blanca despierta respeto e incluso miedo. ¡Aunque sea el peluquero!».

Al poco de soltar el rollo introductorio habitual, Brackets de Colores se da cuenta, por nuestras respuestas y aplomo, de que casi sabemos del tema tanto como ella. Yo llevo mi libretita abierta y voy tomando notas. Es evidente que aquí hay material para un *post*.

—Silvia, nos darán toda la info por escrito al final, ¿verdad? —a Gabi cada vez le incomoda más jugar a Watson conmigo.

Le explicamos que venimos directamente interesados por la FIV, que se puede saltar las pantallas informativas de la inseminación artificial y que no hace falta que nos explique la técnica de la ICSI. Nos dice que ellos trabajan con presupuestos cerrados. Que estamos de suerte, porque Lilith acaba de lanzar unas subvenciones —sí, dice subvenciones—, en colaboración con Banca Edén, para ofrecer un plan de financiación muy asequible a quien lo suscriba antes de un mes.

—A pagar en doce meses, sin intereses, si contáis con un aporte inicial de dos mil quinientos euros. ¿Contáis con un aporte inicial de dos mil quinientos euros?

—Sí.

—No.

Parece la clásica escena de equívoco de comedia romántica.

—Sí, contamos con él —me reafirmo.

Gabi me mira, vocalizando en silencio algo así como: «¿con qué?» o «¿de dónde?». Un gesto mío con la palma hacia abajo de «ten calma», más otro girando el dedo índice de «luego te explico» zanjan el momento de duda.

—¿Alguno de los dos tenéis cuenta con Banca Edén?

—Sí, yo —me siento como un tenista ganando puntos uno detrás de otro.

—Muy bien, pues si me dejas tu DNI, voy a ir solicitando una simulación del préstamo.

Brackets de Colores sale de la sala informativa, provocando una inmediata subida del volumen en la voz de Gabi:

—¿Tenemos dos mil quinientos euros?

—El jueves me ingresan la parte de la herencia de lo de mi padre.

Otro gesto de Gabi, esta vez de desaire, acompañado de un suspiro. Siento que ese gesto lleva ahí mucho tiempo, esperando a descolgarse en el abismo de nuestra reciente distancia. Es un gesto que contiene toda la conversación que nunca tuvimos sobre el dinero.

Vuelve Brackets de Colores con los papeles de Banca Edén.

—A ver, cariño, estos papeles os los quedáis y os los lleváis para estudiároslos. Que ya vais a ver que a partir de ahora esto va a ser monotema.

—No, si ya —es evidente que Gabi está cada vez más incómodo.

—Vale, este precio cerrado incluiría: primera consulta (os va a ver ahora la doctora), análisis de los dos con nuestro laboratorio de confianza, punción ovárica, ICSI, vitrificación de óvulos e implantación. ¿De acuerdo? Eso sí, lo que no incluye es la medicación. ¿Tenéis seguro médico?

—No —el *no* de Gabi me recuerda que decidimos, y hablo en plural porque esta conversación sí la hemos tenido, pasar de la sanidad privada. Yo propuse en su día contratar un seguro médico aunque fuera para abaratar las consultas de la doctora Alegre, pero Gabi se manifestó en contra.

—¿Tenéis médicos majos?

Otra vez la majeza de los médicos de la Seguridad Social jugando un papel decisivo en nuestros procesos vitales. Los dos asentimos al tiempo que nos encogemos de hombros, lo cual significa: sí, pero no sabemos hasta qué punto.

—Si son majos, les vais ya contando el plan y así preparamos el terreno. Para que, en cuanto vosotros estéis listos, nos hagan las recetas —Brackets de Colores habla en plural, pero en realidad será a mí a quien le tocará pedirle el tanque de hormonas a mi médica del centro de salud. Y a mi cuerpo metérselas.

Sigo tomando notas en mi cuaderno. Acabo de escribir «Brackets de Colores», de hecho. Es todo un personaje.

—¿Cuánto cuestan en farmacia?

—Pues a ver, sin receta viene a ser cerca de mil euros. Y con ella muchísimo menos. No los metemos en el presupuesto cerrado porque nosotros no los podemos adquirir. Los tiene que comprar y abonar la persona que los va a consumir, porque son medicamentos con control. ¿De acuerdo?

Seguro que en internet te puedes hacer con ellos por la mitad de precio. Pero no pienso jugar a eso.

—O sea que, al adelanto y a las cuotas del préstamo tenemos que sumarle mil euros más, en caso de que nuestros médicos no sean tan majos como parecen.

—Exacto, cariño.

Cariño. Brackets de Colores. Clínica en la calle Serrano. Se me ocurren tantos lugares distintos donde quisiera estar ahora mismo. Y pienso en Gabi, que se ha pillado el tren de las dos y seguro que se ha quedado sin comer para llegar a tiempo a esta cita.

La consulta de la doctora tiene una luz muy tenue. Al fondo están el potro y el monitor del ecógrafo. Se ve que está cansada. Es lógico, son las seis y media de un 4 de enero y quién no está pensando en regalos o en salir de fiesta esta noche en vez de estar aquí, recibiendo a la enésima parejita con problemas de fecundidad. Pese a su agotamiento —da la impresión de que está en un escenario que no le corresponde del todo—, la mujer nos transmite bastante solvencia. Trata parcamente a la enfermera y, después de un breve reconocimiento de mi interior, me informa de que tengo el útero levemente en forma de corazón.

El ¡plop! de su guante de látex recién quitado funciona como signo de exclamación o subrayado.

—Pero eso no impedirá la implantación.

Me encanta ir recogiendo cromos conflictivos para pegar en mi álbum de la reproducción: Factor etario, Mioma, Útero en forma de corazón, Estradiol. ¡Estradiol! Le comento nuestro asunto con el estradiol.

—Es normal a tu edad. Ningún problema.

Gabi y yo nos miramos de hito en hito. La doctora tiene cara de tratar de ocultar un conflicto de intereses. ¿Cómo confiar en alguien, por muy profesional que sea, que quiere venderte su producto, su préstamo con Banca Edén, su presupuesto-cerrado-medicamentos-aparte? La doctora Alegre, en cambio, se mostró taxativa al respecto. Me fío más de ella y de sus reservas hacia la capacidad de mi endometrio para anidar embriones que de este pequeño supermercado con alianzas con los bancos. ¿En qué momento un problema social como la baja natalidad o la maternidad tardía quedó en manos de las corporaciones sanitarias y las aseguradoras? La doctora también me recuerda que tengo los ovarios aún bastante grandes. Me acuerdo de Estrella y su metáfora de las pasitas a contrarreloj. Pues no, aún tengo uvas, ¿y quién sabe si podré producir un buen crianza en barrica?

—Lo tenéis todo aquí —Brackets de Colores nos despide a la salida con una «carpetita bien gordita» y su mejor sonrisa blanqueada. La verdad es que ha sido encantadora.

—Estoy agotado —primer reproche de Gabi.

—¿Vamos a tomar algo y comentamos la jugada?

—Prefiero ir directamente a casa.

En el trayecto de vuelta vamos en silencio. Ya están montando la cabalgata de Reyes y nos toca dar un vueltón con el coche, evitando todas las avenidas. Dejo a Gabi en la puerta de casa, y antes de irme a aparcar le pregunto que si quiere hablar. Y hablamos, allí mismo, él inclinado sobre la ventanilla bajada del copiloto.

—Me podrías haber contado lo de la herencia. No sé, tomas decisiones y no me entero.

—No sé, se me ha ocurrido sobre la marcha.

—Pues eso. Que tampoco nos vamos a precipitar, ¿no?

—¿No ves lo de hacerlo aquí? Yo tampoco mucho.

—Lo que no veo es hacerlo a toda prisa.

—Ya, pero es que yo lo que menos tengo ahora mismo es tiempo. Me da pánico cumplir cuarenta y uno. Soy una gráfica en descenso, ¿recuerdas? —digo forzando un tono fingidamente dramático para romper un poco la tensión. Pero es verdad.

—Ya, y también hay más cosas. Mira lo que te han dicho: ovulas bien, tienes bien los ovarios.

—El estradiol alto.

—Voy a ir subiendo, ¿vale? Me quiero duchar y dormir.

—¿Y si pasamos del préstamo y nos ponemos a ahorrar?

—¿Lo podemos hablar en otro momento?

Me voy a aparcar, sin comprender cómo una rima tan perfecta como usar la herencia de mi padre en tratar de tener un nuevo ser le puede parecer a nadie, a Gabi, mala idea.

38. Vida en Marte

Ayer murió David Bowie y hoy se cumple un año desde que se fue mi padre. ¿Se le puede pedir un nivel más alto a un *Blue Monday*? Mi madre me ha dicho que ha llorado con lo de Bowie. Mi madre. «Ha muerto también con sesenta y nueve años, como papá.»

Como en una suerte de efecto de edición emocional, el ambiente parece retroceder hasta este mismo día de hace un año, a esta misma hora: hacía un frío de muerte. Helaba como en mi infancia, cuando las pelonas nos obligaban a rascar las lunas del parabrisas antes de coger el coche, ¿te acuerdas, papá? Me reconforta recordar un mundo en el que aún existías tú.

«This is ground control to Major Tom...»

Parece que tenemos más claro el momento en que empieza una vida que el momento en que acaba. Pero es igual de confuso. Hoy, por ejemplo, un crítico decía en la radio que el último disco de Bowie parecía haber sido concebido desde un lugar distinto a este, como si estuviera interpretado por alguien que ya se sabía lejos de aquí, como si fuera el disco de alguien que ya había muerto.

A lo mejor la vida de mi padre acabó, o más bien su muerte comenzó, aquella mañana de hace un año, mientras yo me abrigaba para ir a verlo a su casa, sin tener ni idea de que solo unas horas después la muerte le sorprendería, nos sorprendería, en un cruce de caminos entre el salón y la cocina.

Déjalo ir, me digo. Tengo que aprender a dejar de agarrarme al dolor, tengo miedo de soltarlo, porque es lo último que me queda de él. Y este año que acaba de empezar tendrá otro primer aniversario difícil. Una parte de mí ya está contando las semanas que quedan para que nuestra empresa reproductiva dé su primera vuelta al marcador. La aplicación me recordó ayer que llevamos diez meses dados de alta: diez meses de ventanas de oportunidad cerradas y huellas de gatitos insidiosos. («Sois más fértiles solo porque Gabi viene aquí. La mayoría de las mujeres vienen solas, y sus chicos pasan de hacer la dieta».) Si todo pasa por mi cuerpo, algo tendrá que pasar por el suyo.

Esta tarde nos toca ir a la consulta de Verónica para chequear la dieta y ver nuestros avances. En vez de ello, le contamos nuestra visita a Lilith, de cómo nadie nos habló de porcentajes de éxito ni por supuesto de valores altos de estradiol como obstáculo. Verónica nos dice que esperemos. Tenemos que esperar ocho meses para que la dieta deje ver resultados. El cóctel de hábitos como la alimentación, rebajar el sedentarismo, tomar baños de sol, preocuparse menos por el trabajo y tener mucho y buen sexo provoca la homeostasis —autorregulación, en idioma endocrino—. Que es ganar tiempo, aunque parezca perderlo. También menciona el duelo. Dice que la vivencia del duelo produce un estrés contrario a la concepción. Que, para concebir, hay que hacer espacio a la llegada de un nuevo ser, tanto en tu cuerpo como en tu forma de vivir. Que un trabajo de duelo se parece a una gestación. Es cierto. Y dice también que cualquier estrés, sea el del duelo o el de nuestra vida acelerada, mata la fertilidad, aunque siempre surjan las excepciones incontestables de las mujeres que se han quedado embarazadas durante una violación o que conciben en situaciones límite, como las guerras o las posguerras.

—A ver, los precios de Lilith son imbatibles. Pero sus embriólogos y sus equipos también son de saldo. Era una antigua franquicia de estética. ¿Habéis oído hablar de la mini-FIV? Se inventó en Japón, donde está prohibida la ovodonación. Es un método relativamente desconocido aquí, en parte porque es mucho menos invasivo y más barato... Por eso no lo quieren publicitar mucho desde los institutos de fertilidad, por miedo a pinchar su propia burbuja de la FIV clásica. Con ese método, en vez de hiperestimularte hormonalmente para multiplicar la producción de ovocitos, lo que se busca es producir algún óvulo menos pero de calidad asegurada.

—Decrecimiento FIV.

—Exacto, o como diría mi madre: poco pelo, pero bien peinado.

Nos lo pensaremos, Verónica. Acogemos la idea con el miedo a que la mini-FIV, lejos de ser una alternativa, sea vendida como la última Coca-Cola del desierto para casos desesperados. Es difícil desarrollar la confianza en esta feria de muestras de fertilidad. Pero queremos confiar en Verónica. La dieta nos está haciendo bien. Queremos seguir por aquí. Combinando la dieta con la progesterona, confiamos en conseguir bajar el puñetero estradiol. Preparar el cuerpo. Crear condiciones. Hacer espacio. Respirar. Ser pacientes. Y, a ser posible, disfrutar por el camino.

Gabi ha quedado con sus amigos después de la consulta y yo me voy a casa de mi madre. Nos viene bien pasar ratos separados, descentrar el tema y estar con otra gente que piensa en otras cosas. Mientras se aleja, me doy cuenta de lo joven que es. Siento el peso que me produce estar metiéndolo en este proceso. Ya solo quedan un par de meses para que entremos, según la Organización Mundial de la Salud, en la categoría de enfermos infértiles. En vez de celebrar que llevamos un año viviendo juntos, esperamos un nuevo nombre para la palabra fracaso.

39. Cambios

Otro 4 y otro 1 manchados de nata encima de la mesa. Este año mi cumple cae en sábado y es inevitable celebrarlo. Gabi me propone una cena romántica en un restaurante coreano cerca de casa. Nos lo tomamos como bálsamo para la desilusión.

Vamos primero a El Infinito para tomar un vino de calentamiento. Yo me he puesto un vestido azul, mi color favorito. Él lleva la camisa de palmeritas microscópicas, que sigue siendo también mi preferida. Ayer me vino la regla después de cinco días de retraso —a mí, que me llega siempre puntual—, con el expectatómetro ardiendo. Un día más deprimidos. Y ya van once meses de decepciones, ilusiones, nervios, ansiedad, de aguantar la respiración y reglas finales sucesivas.

—Sabes que mañana volveré a ser nueve años mayor que tú, ¿no, pequeño? Al principio, cuando empezamos, me hacía mucha gracia, me daba mucho morbo. Ahora, con lo de la fertilidad, me pesa aquí —me señalo el escote de pico—. Me siento responsable.

—Oye, a pesar de mi rebosante juventud, recuerda que mi semen está bastante despistado.

—Pero ¿tú qué hiciste en la veintena? ¿Qué te metías?

Después del primer vino, Gabi se da cuenta de que se le ha olvidado la cartera y me pide que le acompañe a casa un momento. Arriba, tras la oscuridad total del salón, aparecen un montón de amigos con bengalas gritando: ¡sorpresa! Me echo a llorar de la emoción. ¡Están todos! Flavia y Lorea de la redacción, Mara y Nieves junto al cada vez menos microscópico Ur, Rafa y Silvestre, mis sobrinas y mi sobrino, mis hermanos y Carolina, mi madre, pero esto qué es, no cabemos, ¡ha venido Alba desde Sevilla!, está Marina —por fin en son de paz después del incidente del *post*—, Estrella, por supuesto, por cierto, acompañada de Nacho. ¿Se habrán quedado también y nadie se atreve a contármelo?

Han preparado una supercena siguiendo los criterios de nuestra dieta, pero lo primero que hago es buscar entre las botellas de vino ecológico y encontrar la de tequila Herradura que ha traído Leila en honor de nuestros viejos tiempos malasañeros. Se impone un brindis.

—Gabi, ven. Bueno, lo primero sois unos cabrones por hacerme llorar y conseguir que se me corra todo el rímel. Y Gabi, obviamente, tú eres el peor pero te quiero infinito, y quiero daros las gracias por este año tan intenso...

El discurso se acaba ahí, no quiero echar a perder todo el maquillaje. Gabi va sirviendo culines de tequila a todo el que se anima y pone su vaso.

—Vamos a beber otra vez por los que se fueron y por los que vendrán, ¿de acuerdo?

—¡Regalo, regalo! —dice Alba.

Me entregan una caja enorme que contiene un regalo muy pequeño. Un clásico. El regalo es un cerdito de barro. Un cerdito de barro pintado a mano, por Estrella, reconozco su gama de colores. Un cerdito de barro con una ranura. Un cerdito de barro repleto de billetes.

—Estáis locos. ¿Habéis hecho un *crowdfunding*? ¿Para el hijo? Voy a llorar otra vez.

Gabi viene hacia mí, y no sé si todo esto ha sido idea suya pero al menos en este instante soy feliz.

—Os prometemos que vuestro dinero irá a parar a la clínica de reproducción con menos mensajes de buen rollo en su publicidad. ¿De acuerdo? Ah, ¿y sabéis por qué la sanidad pública deja de coger a las mujeres de cuarenta en los programas de fertilidad? Porque para cuando te llaman ya tienes cuarenta y cinco... —es un chiste que acabo de inventarme.

Leila decide que hay que tomar otra ronda de tequila. Flavia pone música. Clarita, por supuesto, aparece por el pasillo del brazo de mi hermano. Me regala una estampa de Santa Rita, patrona de los imposibles. Yo también confío en ti, Clarita, gracias. Coloco la estampa delante de una balda de libros, junto al cerdito mágico. Ya tenemos altar frente al que hacer libaciones, Gabi. Mi madre se acerca escondiendo algo en la mano. Es un sobre enrollado. Me dice que contiene mil euros mientras lo esconde en mi mano y la cierra.

—Cualquiera diría que me estuvieras pasando droga, mamá.

—Esto no tiene nada que ver con lo de la herencia, pero también es como si te lo diera papá, ¿vale?

—Mira, mamá, he vuelto a llorar otra vez.

Y nos reímos, nos partimos, nos da un ataque de risa. Creo que es la primera vez que nos reímos a carcajadas en todo este año.

Hay tres amigas que me hace una ilusión especial que estén: son Cruz, Isa y Eva, mis tres mosqueteras extincionistas. Mis no-madres. Y son no-madres no porque no lo hayan sido aún, ni porque no saben si lo serán o porque no hayan podido, no, mis no-madres favoritas lo son porque no quieren ni nunca han querido serlo. A ellas decido confiarles nuestro bajonazo por la desilusión de ayer. Como ya vamos entonadas, me embalo:

—A veces pienso que hasta que no acabe de sacar lo del duelo no me voy a quedar. Es como si la sangre fuera la pena que tengo dentro. Como si la muerte saliera...

—¿Has estado leyendo otra vez a Sylvia Plath? —me pregunta Cruz.

—No, peor aún: a Lorca —nos reímos las cuatro. Llamo a Mara y a Estrella. Las Tres Hermanas perpetramos un remix feminista de *Yerma* en la facultad con una estética horrible. Eran los noventa.

Tronchada y rota soy para ti.
¡Cómo me duele esta cintura
donde tendrás primera cuna!
¿Cuándo, mi niño, vas a venir?

Más y más risas. Se acaba el tequila. Clarita, que es la vecina a quien más podríamos molestar, está de lo más entretenida junto a Mara y Estrella que acaban, por fin, de conocerla.

—Silvia nos ha hablado mucho de usted.

Gabi y yo nos cruzamos una mirada entre la algarabía general, mantenemos el regusto del pesar de ayer. Mirando alternativamente al altar pagano, es probable que los dos estemos pensando lo mismo: ellos no lo saben, pero hasta que no baje mi nivel de estradiol ese cerdito no podrá ir a la clínica.

Félix encadena los grandes éxitos de Bowie, y Gabi y yo nos lanzamos a la pista improvisada.

Y mientras haya música, bailemos.

40. Hijos del frío

La ovulación de febrero pasa, y el gatito nos ha vuelto a felicitar —«¡Buen trabajo!»— cuando anotamos en la aplicación: «Relaciones sin protección», y yo casi agradezco la presión en el trabajo, que a pesar del supuesto efecto negativo del estrés, hará que las dos próximas semanas pasen más rápido.

Blog: ¿Qué se puede esperar cuando (aún no) se está esperando?
Estado: Borrador
Fecha: 13 de febrero, 15:16 a. m.
Autor: Silvia Nanclares.
Título: Hijos del frío.
Entradilla: Una historia generacional de la infertilidad reciente.

En los mismos años en que la mayoría de mis amigas —también «nuestras» democracia y Constitución— y yo nacimos, en el Reino Unido nacía Louise, la primera niña probeta del mundo. Niña probeta suena un poco al laboratorio de Mortadelo. Apelativo de trazo grueso y ya en desuso, luego sustituido por el mucho más fino «bebés in vitro». Así hemos desdibujado la rareza que fundó una era revolucionaria para la genética y la ciencia, para escándalo y profundo pesar del Vaticano. Recuerdo un reportaje de *Informe Semanal* sobre una niña llamada Zoe —que significa «regalo de los dioses», aclaraba su madre—. El primer ser humano que había sido concebido —¿es correcto el uso del verbo concebir para la in vitro?, ¿y de la pasiva?, ¿la doble pasiva?—, en fin, que había nacido de un embrión congelado a 196 grados bajo cero, frente a Louise, que había nacido de un embrión fresco. «Zoe, la niña que llegó del frío», se titulaba el reportaje. Los embriólogos, esos que jugaban a ser Dios según los obispos, eran por fin capaces de procurar descendencia a todas aquellas parejas y personas que se salieran del proceso aceptado como natural de la reproducción, sometiendo a los embriones a estados sucesivos de congelación y descongelación. Cuando vi ese programa tenía nueve años. Mi actual pareja acababa de nacer.

Solo trece años después, aunque para mí significara toda una vida, desde un escenario en un solar de Benicàssim, Nina Gordon, de Veruca Salt, el grupo que tomó su nombre del odioso personaje de *Charlie y la fábrica de chocolate,* cantaba a voz en grito y solo unos meses antes de abandonar la banda: *Can't fight the seether!* Cientos de veinteañeros como yo, con camisetas de rayas o flequillos sujetados brevemente a un lado por horquillas, coreábamos el estribillo desde la arena, bajo un cielo a punto de descargar. Era el Festival de Benicàssim de 1997. Broadcast hacían de las suyas en el escenario pequeño y Diabologum se quedaban sin actuar debido a la tormenta de proporciones bíblicas que amenazaba y que finalmente se desencadenó, arrasando con un par de escenarios y clausurando el festival.

A veces pienso que bajo esa tormenta mítica se gestó el destino infértil de toda una generación: la de los niños buenos, generación FIB que acabaría pagando (y mucho) por su FIV. Aquel día, una plaga de infertilidad cayó sobre nuestras pequeñas coletas, faldas de trapecio y parkas de clase media a las que les esperaba el declive. O tal vez nos cayó un maná purificador que nos salvó a todas las chicas presentes de aceptar por defecto que lo natural era ser madres, sin más, de serie, sin pensarlo, como lo habían sido la mayoría de nuestras progenitoras.

Aquella danza de la lluvia nos lavaba del mandato de género acendrado.

Pero también nos metía, y por el mismo precio, en el tren de lavado de la reproducción asistida. Quién nos iba a imaginar, veinte años después, vagando por las clínicas con nuestros análisis hormonales, pidiendo redención para el despiste de haber seguido bailando durante muchas más ediciones del FIB de lo que parecía bien visto o recomendable.

Quizá las generaciones posteriores a las nuestras, las mejor preparadas de la historia, sí aprendan algo, a pesar de la dificultad de sus *minijobs* y sus maletas: a presionar a la clase política para implementar infraestructuras y medidas que apoyen la maternidad y paternidad en un tramo más temprano de la edad fértil. O a la clase médica, con el fin de ampliar el espectro de la reproducción asistida pública. Contribuirán entonces a que el imaginario social cambie respecto de cuál es la edad idónea para tener un hijo, a que haya un reajuste entre el momento en que percibimos que una mujer es apta para ser madre y su capacidad biológica para ello.

Dejarán de venerar la maternidad, y harán de una vez la revolución.

Los nacidos en los setenta huimos de aquel diluvio, claro, y la huida quedó también marcada por siempre jamás en nuestra impronta metodológica. La huida hacia delante. En cualquier caso, a partir del nacimiento de Zoe ya no podemos volver a corear hasta la afonía como en aquel festival donde tocó El Niño Gusano, cantando justo: «No, ninguno de nosotros estamos hechos con frío».

Al poco de darle al botón de "guardar borrador", entra un mensaje por el grupo de Telegram de la sección:

Berta
Me estás tomando el pelo, ¿no? ¿«Del FIB a la FIV»? ¿A eso lo llamas «personal»? Pero ¿tú no querías escribir crónica, Silvia? ¿Cuánto llevas pidiendo que te dejemos escribir crónica en el periódico? Ponte con otro *post* en cuanto puedas, por favor.

Vivir de la escritura era esto.

41. Hijas de la Transición

Blog: ¿Qué se puede esperar cuando (aún no) se está esperando?
Estado: Borrador
Fecha: 13 de febrero, 18:21 p. m.
Autor: Silvia Nanclares.
Título: Hijas de la Transición.
Entradilla: De cómo el feminismo fracasó en legitimar los cuidados y la fertilidad hizo *crack*.

Colgué esta foto en Instagram una noche del año pasado. Mi amiga Estrella y yo nos hemos metido un abrigo debajo de la camiseta. Tenemos el pelo tan empapado que parecemos dos gatos callejeros. Preñados. Haciendo el signo de *all right* con el pulgar levantado, nuestros falsos bombos se juntan. Con esa foto firmamos otro pacto. «¡Este año nos vamos a poner!» Una cerveza y un tequila. Yo agarro el chupito con cierta aprensión, como si realmente estuviera embarazada.

Estrella y yo pertenecemos a la generación que ha terminado de enterrar la curva descendente de las estadísticas de fecundidad en la historia reciente del país. «Por primera vez, nacen más bebés de mujeres de treinta y cinco o más que de menores de veinticinco» leo en un artículo de *The Guardian* sobre la realidad demográfica en el Reino Unido. ¿Qué no esperar entonces del singular milagro infecundo español? ¿Qué esperar de nosotras, las «hijas de la Transición»?

Posiblemente las dos crecimos asociando el embarazo joven al fracaso, a gente sin recursos o con falta de suerte. La maternidad precoz, que de golpe se situaba por debajo de los veinticinco, pese a que nuestras madres nos habían tenido a casi todas con menos edad, era un signo de clase. Nuestros padres se encargaron de protegernos e inculcarnos esa idea de que el embarazo y la crianza joven serían estorbos para esa carrera que se daba por hecho que estudiarías, para ese curro que te estaría esperando al salir.

Estábamos programadas para apurar y estirar nuestra juventud, para dejar la maternidad para ese momento en que la estabilidad laboral (qué quimera) y afectiva —otra quimera— creara un suelo sobre el que soltar los huevos maduros. Las carreras se acabaron, las becas en el extranjero, mucho Erasmus, intercambios, módulos, másters, viajes, activismo, la independencia intermitente y vigilada por los padres, el paro, la promiscuidad, la monogamia serial, y la ilusión de fondo de que siempre iríamos a mejor. «Hasta que no tengamos todo aquello —y aquello incluía sobre todo un rosario de experiencias— para lo que nos educaron, ¿quién querría tener un hijo?»

¿Dónde estaba nuestra estabilidad económica, emocional, qué sería de nuestra trayectoria laboral, de nuestro disfrutar de la vida? Y por otra parte, ¿dónde estaban los hombres jóvenes que quisieran tener y cuidar hijos?

Ser madre añosa o añeja podía llegar a considerarse una especie de medalla, un trofeo con muescas de otras batallas, pero también una medalla engañosa o con doble fondo: la edad de nuestros ovarios no atiende a las supuestas conquistas feministas ni a las transformaciones sociales.

Mientras, perversamente, el mercado de trabajo está encantado con ese retraso conquistado: más tiempo y personas productivas, menos bajas maternales y paternales, menos políticas que incentiven la conciliación. Empresas como Facebook y Apple alientan a sus empleadas a no quedarse en la cuneta de la escalera ascendente de la empresa costeándoles los procesos de congelación y mantenimiento de óvulos. Es entonces cuando hay que plantearse que quizá algo huela a podrido dentro de esos caramelitos laborales.

Cuando los intereses productivos saludan las conquistas del feminismo, es hora de pararse a pensar que nuestra tendencia a lo mejor no es un mero cambio en las costumbres reproductivas. El mercado laboral abraza la maternidad socialmente tardía con tal entusiasmo y eficacia que consigue hacernos creer que nosotras también la deseamos. Invirtiendo fuerte en las tecnologías reproductivas se apuntala además, de paso, la industria floreciente de la reproducción asistida.

¿Y si toda esa inversión para la investigación y el testeo se hubiera puesto al servicio de crear políticas, condiciones e incentivos para promover la maternidad y la crianza compatible con el trabajo? Por no decir con la vida.

Fuimos las niñas de la Transición, educadas en multitud de normativas de género contradictorias. El sonido crujiente del envoltorio de nuestro futuro chocaba con un interior mucho más tradicional de lo esperado.

Por la otra banda, mientras, corrían los muchachos. Hemos pasado la juventud atravesando una secuencia de monogamias o relaciones abiertas. Los hijos eran un pasaporte seguro al fin de la libre disposición del tiempo y sus usos. Sabíamos, además, que si apostábamos por la maternidad, la mayoría de ellos jugaría otro partido.

Hasta los cuarenta años no he dado con una pareja que quisiera plantearse la paternidad compartida igualitaria, por más que eso sea una utopía. Porque no es solo tenerlos. Es criarlos. Cómo. A costa de qué. Abrumados por tal barullo de responsabilidades, una buena parte de los niños de la Transición demora su decisión hasta acabar teniendo hijos con *millennials*. El desfase entre nuestros relojes biológicos pasa factura.

Así, llegamos a los cuarenta con trabajos precarios, buscando en internet métodos para sostener la fertilidad, paliar la infertilidad o llevar a cabo una maternidad por cuenta propia: soluciones que probablemente ayudarán a pagar nuestros padres o los bancos.

Creímos que íbamos a ser jóvenes siempre, o que podríamos sortear el abandono de la juventud a golpe de bienestar. Y resulta que la juventud es imprescindible a la hora de concluir esta etapa y empezar otra. Y el bienestar se esfumó. Somos viejos vestidos de jóvenes, ahora conscientes de que las células de nuestra piel, como los surquitos junto a los ojos que nos empeñamos en minimizar con los filtros de Instagram, sí tienen la edad que dice nuestro DNI.

No recuerdo mucho más de la noche en que fue tomada esta foto. Pero sé que marca el comienzo de las labores reproductivas para Estrella y para mí, la búsqueda activa de descendencia. Nuestra transición, íntima y compartida, está por empezar. Aunque nuestros úteros, democráticamente y de momento, se han pronunciado al unísono diciendo *no*.

Guardo el texto en el gestor de la web de *El Papel*. Todavía no le he preguntado a Estrella si le importa que su foto y su nombre estén en uno de los medios nacionales con más visitas en la Red. Como Bartleby, preferiría no hacerlo.

Marina viene a rescatarme. A pesar de nuestro distanciamiento tras la publicación de mi primer *post,* hemos vuelto a hacer equipo.

Hoy me busca para que la acompañe a la primera reunión de una asociación de personas con problemas de fertilidad: «Maminfértiles».

Desde el «fracaso» con la ovodonación del pasado verano, Marina ha decidido buscar ayuda en otras personas en su situación.

—No me quiero reír, pero ¿Maminfértiles no es un poco una contradicción de términos, Marina?

—No sé, vendrá de la idea esa de la proyección: «Para conseguir algo primero hay que imaginárselo».

—Ya, pero...

—¿Te vienes o no? —dice tendiéndome el segundo casco de su moto.

Le mando a Berta el *link* con el borrador del nuevo *post* y salimos disparadas hacia el encuentro de esas madres inconcebibles. Ya no es que me sienta forera de Enfemenino.com: ya me siento parte de un Matrix donde todo me remite al tema de la fertilidad.

42. Las Infecundas, una tragedia griega

Pese a lo colorido de la sala y su buena iluminación, la mayoría de las caras no son alegres. Sobre las paredes, combinadas en una elegante gama de pantones pastel, se entreven gestos de velada tristeza. Cuerpos en crisis, economías en crisis, deseos en crisis se dan cita en este local todos los jueves. «Meriendas Positivas» se llaman estos encuentros. Aquí comparten sus malestares las «maminfértiles», los malestares, nuestros malestares, ¿mis malestares? A los colores alegres se suman mensajes motivacionales con tipografía retro: «Sonríe, la vida puede cambiarte en cualquier momento», «Solo las luchadoras incansables conocen la felicidad», «La única batalla perdida es la que se abandona».

Después de la presentación de Marina, me toca a mí:

—Hola, soy Silvia y llevo un año tratando de quedarme embarazada. Acabo de cumplir cuarenta y un años y, bueno, empezamos con mucha ilusión, convencidos de que lo conseguiríamos en un pis pas, y ahora ya estamos casi entrando en..., ya sabéis, la zona. La zona infértil. Parece un libro de Stephen King.

Me río, pero se hace un silencio; solo se sonríe una chica con el pelo rojo y una camiseta de la Familia Addams. Marina me hace un gesto de «Continúa».

—Lo más duro para mí son los días que..., bueno, que te llega la regla. Otra vez. «No nos hemos quedado.» «No estoy.»

»Nos está minando un poco, la verdad. También he aprendido mucho en este año, ahora estamos haciendo una dieta y cambiando un poco el estilo de vida... Tengo más confianza, pero vamos, las ansiedades y las decepciones no nos las quita nadie. Cada vez que veo los promedios se me pone el nudo ese en el estómago y me digo: ¿adónde vas?

Me quedo a un paso de decir que soy periodista, que tengo un blog sobre el tema, que lo que ando buscando es información. Tal vez mi sentido ético sea reprobable...

La rueda vuelve a girar. Hay alguna que aparenta mi edad, pero casi todas parecen más jóvenes. La mayoría solas, y alguna que otra pareja.

Lo más inquietante es descubrir el patrón de presentación: la edad, la patología y la fecha desde la que se lleva intentando son los pilares de la identidad del grupo. Hay historias fuertes, me doy cuenta de que ser joven y no poder quedarte tiene que ser mucho más difícil de aceptar. O querer tener un hijo teniendo SOP (síndrome de ovarios poliquísticos) o endometriosis, enfermedades por lo demás invisibilizadas por un sistema sanitario patriarcal. Los pocos hombres que hay en el círculo, por el contrario, no dan su edad. Solo alguno menciona de pasada su oligozoospermia o semen vago. Sigue una chica rubia, delgada y nerviosa. Seguro que le están sudando las manos. Pero el aire de empatía típico en toda reunión de comunidad de afectados le motiva a comenzar:

—Hola, soy Carlota, tengo veintisiete años y tengo endometriosis. He pasado ya por varias operaciones, solo me queda un ovario. Hace una semana me cancelaron una ICSI por la baja respuesta... Ahora me estoy dando un tiempo, podemos decir que estoy en pausa. Me estoy informando de la mini-FIV, no sé si alguna sabéis algo...

Levanto la mano para contestar, pero la dinamizadora me hace un gesto de «luego, luego».

—Pues yo soy Lara —sigue una chica morena, muy sonriente—, y tras las tres inseminaciones a las que te da derecho la pública por ley, ahora estoy en lista de espera para mi primera FIV, también por la Seguridad Social.

Bastante ilusionada, la verdad, pero la espera se me está haciendo eterna. A ver si nos llaman ya.

Una pareja que está sentada muy pegadita, con las manos entrelazadas; casi parecen un solo cuerpo. Habla ella con tono quebrado:

—Nosotros somos Juan y Nadia y estamos buscando desde 2012, y nos han diagnosticado una infertilidad de origen desconocido. Ya hemos pasado por cinco inseminaciones, una FIV que acabó en ectópico. Ahora estamos con el DGP y seguimos peleando, no nos rendimos. No sé, intentamos mantenernos activos, positivos...

Ectópico, DGP. Mientras escucho, trato de activar mi memoria al máximo: quiero retener todas estas nuevas variables sin que se me note que soy un topo. Cada caso es un mundo, y esta realidad paralela se me antoja interminable. Me está costando sentirme identificada. ¿Será el espejo en el que no me quiero mirar?

—Yo soy Bea, tengo treinta y ocho primaveras. Él, como podéis ver, está estupendo —risas. Bea le cede la palabra a su compañero.

—Yo soy Juan y aquí estamos, de aventureros en esta historia...

—Ya hemos pasado por tres FIV y las tres han terminado en embarazo bioquímico.

—Ahora estamos esperando poder juntar dinero para pasar a la ovodonación.

Una pareja muy unida. Tan unida que me hace pensar en cómo vivirán la desigualdad que provoca el hecho de que para ella esté por pasar el último tren mientras que a él esa posibilidad se le mantendrá abierta durante algunas décadas más. Como a Gabi.

Habla otra mujer, muy energética. Es la única que parece encantada de estar aquí:

—Me llamo Marian, tengo treinta y siete años y un diagnóstico de menopausia precoz. Tras mucho tiempo de lucha, ahora soy madre de Asier y Manuela, mis dos angelotes —muestra una foto desde su móvil, que pasa de mano en mano. Nadie se atreve a rechazarlo—. Sigo viniendo a este grupo para dar ánimo a todas las Maminfértiles en este duro camino...

Estoy a punto de desconectar. Vamos, Silvia, no seas así, deberías empatizar. Solo quedan un par de personas por presentarse, luego, amablemente, te disculpas, te ha surgido un asunto urgente, y te vas. Es el turno de la chica de la camiseta de la Familia Addams. Se pone los dedos índice y corazón tapándose los ojos, imitando ese antiguo modo de proteger la identidad en documentales o revistas:

—A ver, soy Sofía. Soy diseñadora y empecé en esto a los treinta y tres, hace ahora ya dos años, con curro estable, casita y una pareja que deseaba ser padre tanto como yo. ¿Por qué febrero? Está claro. Porque el bebé nacería en noviembre y sería Sagitario. El mejor signo del mundo (y el de su mamá). Todas habéis pasado por el chasco de esa primera regla. Y de la siguiente. Y de la siguiente. Empiezan las paranoias, los miedos y, sobre todo, la incertidumbre. Era lo que más me obsesionaba. Entendía que me costara quedarme, que supusiera un camino difícil, pero necesitaba saber si podía o no. Mi primer aprendizaje fue saber que la medicina, lejos de ser una ciencia exacta, es la ciencia del descarte. ¿Ovulaba? Sí. Creía que sí. ¿Sería el problema el esperma de mi chico? ¿Deberíamos mejorar nuestra alimentación? ¿Dejar de beber, de fumar, tomar vitaminas? Lo hice todo. Y mientras, por supuesto, engañé a los médicos diciéndoles que llevaba dos años intentándolo sin éxito para conseguir una maldita cita en la pública. La primera, a los seis meses, consistió en una breve charla informativa: tres inseminaciones y tres in vitros. Comenzamos por las pruebas. Histerosalpingografía y seminograma. Seis meses de espera más. Un año para saber que los dos estábamos bien. Que pertenecíamos a ese veinte por ciento de parejas que no se quedan y no se sabe por qué —aquí casi saco la libreta para apuntar—. Empezamos con las inseminaciones, que ya sabemos que estadísticamente solo tienen un treinta por ciento de posibilidades de éxito. Me acuerdo de los pinchazos, los nervios y los bajones de la betaespera. Cero de tres. Nos mandan esperar de nuevo. ¡Otros seis meses! Entre medias: citas en la privada. Entre cinco mil y siete mil euros y empezamos cuando queráis, ya sabéis.

»Ahora estoy intentando tomármelo de otra manera. Currando mucho, pillándome borracheras, viajando. Perder peso (las estimulaciones me hinchan y subo como seis kilos), leer, ver pelis, perder de vista el calendario, como sea. Ah, acabamos de adoptar a una perra: y funciona, nos sienta bien. Tener una perrita suple en parte las ganas de querer y cuidar y nos hace sentirnos una pequeña familia. La hemos llamado Lenta.

»Ah, un inciso, en la pública nos están tratando fatal. Se ha convertido en nuestra pesadilla. Para muestra, un botón: tenía una colonoscopia que me coincidía con una inseminación. Pregunté si tenía que cambiar la cita. Respuesta de la médico: "¿Cómo pretendes que la Seguridad Social te pague un hijo si no sabes si tienes cáncer?".

Siento como si una corriente súbita hubiera ventilado la sala. Sofía me ha despertado con su lucidez. A Sofía sí la entiendo. Quiero ser tu amiga, Sofía. Contigo sí me iría a merendar.

«Necesito saber.» Esa es exactamente la pulsión que lleva casi un año atenazándome, la de saber: saber si podré, si no podré, si sabré. Es difícil aceptar que el proceso no está bajo nuestro control.

Mientras sigo fascinada mirando a Sofía como una tonta, me entra un *mail* de Berta. Cometo el error de leer el asunto.

Berta tiene la preciosa costumbre de poner el cuerpo del mensaje en el lugar donde debería ir el asunto.

«Este último está mejor, pero ¿no crees que hacen falta historias de hombres? Piensa en algún tío que te pueda contar su experiencia.»

Me siento un exprimidor de vivencias, no solo mías. ¿Ahora de todas mis amistades? Inmediatamente pienso en Rafa y en Silvestre, pero al momento estoy pagando mi ira con un hombre mayor que habla y que no sé qué hace aquí, me he perdido su presentación.

—... estuve viendo un montaje de *Yerma* de Lorca el otro día. La verdad es que me emocioné...

—Pues yo creo que Lorca utilizó la esterilidad para hablar del fin de un tipo de mujer —interrumpo—. Una mujer perfectamente completa sin la necesidad de tener hijos. Ese es el problema de Lorca: se le lee despolitizadamente... —dejo de hablar cuando veo a Marina sacudiendo la cabeza.

—Silvia, en nuestras Meriendas no utilizamos la palabra «estéril»... —interviene una mujer mayor que hasta ahora ha ejercido el rol de dinamizadora.

De golpe, echo mucho de menos a Gabi y me quiero ir. Mi móvil vuelve a vibrar: el nombre de Berta titila en la pantalla. Aprovecho el impulso de atender la llamada para levantarme y salir de la sala.

Marina me mira con los ojos en blanco y sacudiendo otra vez la cabeza. En la puerta me encuentro a tres mujeres que estaban en la rueda. Una de ellas, bajita, con pelo corto teñido de azul y gafas del mismo color, me consuela:

—Tranquila, yo el primer día también salí disparada. Es como un pasaje del terror con tus peores miedos. Luego las Meriendas se te hacen indispensables, encuentras consuelo, a mí me han ayudado mucho...

Nunca tuve espíritu parroquiano, me gustaría contestarle. También me quedo con ganas de preguntarles por el apellido de Sofía, la chica de la Familia Addams. No me

importaría nada ser amiga suya en Facebook y poder char-
lar con ella de vez en cuando.

Las tres brujas de Macbeth vuelven a lo suyo, debajo
de un vinilo que reza: «Persiguiendo juntas el proyecto
más importante de la vida».

Sigo hasta la calle. Esta batalla no me representa. Puede que la maternidad no sea el proyecto más importante de
mi vida.

43. La espera es una forma de vida intensa

Salgo aturdida de la sesión con el coro de las infértiles. Bajo mi rechazo está la rabia contra la culpa que se respiraba en la sala.

Quiero volver a irrumpir, quiero entrar y gritar: «¡No pasa nada, no tengáis miedo, la culpa no es nuestra, todo saldrá bien!».

Me llevo, como un balón de oxígeno, la pregunta de Sofía: ¿Cómo saber que lo eres? ¿O que no lo eres? Esta losa de sentirte atrapada entre la sensación de pausa y de tiempo que se te escapa. Nuestro *impasse* vital, que dura ya un año, mi rechazo y mi miedo a ser, a convertirme en algo parecido a ellas. Berta otra vez en la pantalla de mi móvil.

—¿Has visto mi *mail*?

—Oye, Berta, perdona pero ahora no puedo hablar.

—Pues me gustaría sacar algo más amplio para el suplemento del domingo. Con declaraciones de algún hombre. ¿Se te ha ocurrido ya alguien? Fecha tope de entrega el jueves, ya editado por mí, ¿ok?

—Me están llamando, perdona, te dejo.

Me pregunta si estoy bien, si necesito algo.

Me gustaría decirle que no. Y que sí. Que son demasiadas emociones en un solo año, que quisiera dejar de pelear. Que tal vez necesite un sitio para el descanso de la guerrera. En lugar de eso le doy las gracias, cuelgo y llamo a Gabi. No me lo coge. Le dejo un mensaje de audio:

—Gabi, ¿dónde estás? Necesito hablar contigo. Lo siento, siento si he estado forzando la máquina, en un momento creí que eras tú el que más lo deseaba... Además, te he expuesto demasiado. Todo el rato tengo la sensación de que te estoy decepcionando. Pero ¿dónde estás?

No sé si ir paseando a casa o esperar a Marina en un bar de la acera de enfrente. Entra un mensaje de audio de Gabi. Lo que escucho a través del altavoz me hace salir disparada a buscar un taxi. En menos de diez minutos de trayecto, toda mi desazón se ha intercambiado por un susto inesperado: Clarita ha tenido un ataque y está ingresada.

Atravieso la entrada a Urgencias por el bulevar.

El recuerdo se me viene encima con el olor. Este olor.

—Estoy buscando a Clarita, Clara Temprano, por favor.

—Urgencias de Geriatría, planta octava. Por allí.

Gabi está peleándose con la máquina de bebidas de la sala de espera. Los abrazos que funden tiempos y espacios no están tipificados por la OMS, pero estoy segura de que erradican enfermedades. Me cuenta todo fragmentadamente: Clarita se ha empezado a sentir mal, le dolían el pecho y el brazo y ha tenido la suerte de pillarlo en casa.

—Acababa de llegar del fútbol, mira cómo voy, todo sudado.

—Ay, Clarita, ¿qué le estarán haciendo?

—Un electro, me parece. Ella está bien. Ha sido más el susto.

Nos besamos, y sus besos, efectivamente, saben a polideportivo, a luces encendidas a destiempo en la pista de atletismo. Solo quiero quedarme aquí.

—Tendríamos que ir a cambiar el coche, lo he dejado en zona azul —me dice.

—Dame las llaves.

Al fondo del pasillo aparece un hombre achaparrado y descamisado que, suponemos, oh, sí, existe, es el hijo de Clarita. La luz fluorescente le va dando de un modo indirecto y dramático, pero a la vez cómico. Me están empezando a dar ganas de reír.

—Perdonad, vivo en Fuente del Fresno y he tardado un poco...

—¿En la urbanización?

—¿Eso era «lejos»? —susurra Gabi, pero él nos ha oído perfectamente.

—Mi mujer es de fuera, viajamos mucho.

Sale un celador y dice el nombre de Clarita al aire, a la soledad del pasillo.

—¿Podemos entrar a verla? —le pregunto.

—Solo puede entrar la familia.

—Sí, soy su hijo.

El hijo pródigo y el celador desaparecen y Gabi y yo nos quedamos en compañía de un ficus maltrecho. Nos bebemos el Aquarius que Gabi ha sacado de la máquina en silencio. Nos abrazamos, nos besamos otra vez. Seguimos bebiendo en silencio.

—¿Sabes? He ido a un sitio donde la gente se presentaba diciendo el número de sus intentos de FIV y todos sus trastornos de fertilidad. Se definían a sí mismas como infértiles. Yo he dicho estériles y han saltado todas las alarmas, es la palabra prohibida... Me he sentido tan mal que me he tenido que salir.

—¿Has ido con Marina?

—Sí.

No necesitamos hablar mucho más. Estamos contentos de estar aquí, juntos. Y preocupados por el destino de Clarita. Que, una vez más, ha desbancado con su urgencia vital todos los problemas y dudas.

—Yo creo que a mí no me pasa nada, Gabi, a lo mejor no nos pasa nada. Me pasa que tengo cuarenta y un años. Y que he aplazado la decisión... Porque así es la vida y la época que me ha tocado. No me quiero contar como una persona enferma o inútil. Ni culpabilizarme. No quiero pasar nuestros mejores años sufriendo una decepción tras otra cada mes, o endeudándonos en tratamientos, o acabar..., bueno, no sé, allí.

—Pero esto es como todo, Silvia, es hacer una apuesta... y capear las dificultades.

—Sí, pero ¿cuándo dejas de intentarlo? ¿Y qué has dejado de hacer a cambio?

—La propia decisión de tener hijos implica muchas renuncias.

Parece que nos hubiéramos cambiado los papeles.

—Ya, pero, en serio, Gabi, ¿quieres que estemos así mucho tiempo más? Podemos hacer lo que hizo Estrella: una lista con una serie de cosas que nos harían la misma o más ilusión que ser padres, y si no...

—Pero ¿te quieres rendir ya?

—¿Y si no pasa?

—Quizá no pase de la manera que habíamos imaginado, eso es todo.

—A mí me encanta nuestra vida. Me encantaba. Tú, por ejemplo, ¿cómo te sientes desde que lo empezamos a intentar?

—Pues no sé, mucha ilusión. Pero también está esa sensación que no se me va...

—¿Por qué tiene que ser tan complicado?

El hijo de Clarita sale de la zona de boxes. Se le ve entre fastidiado y avergonzado, pero sobre todo tiene pinta de estar en cualquier otra parte menos aquí.

—Mi madre me ha dicho que si, por favor, os podéis quedar con sus plantas.

—¿Por qué? ¿Tiene para mucho aquí?

—La vamos a meter en una residencia. Ya estaba hablado.

El zumbido del fluorescente interpreta a la perfección su papel en la pausa dramática.

—Gracias por todo, de verdad, no sé cómo os puedo...

—Dígale que nos llame cuando salga, ¿de acuerdo?

—¿Tiene vuestro teléfono?

—Por supuesto. Yo soy Gabriel.

—Yo Silvia.

—Ah, yo Cristóbal.

Nos damos un apretón de manos algo más cálido que el que daría un pez de río.

—Vámonos, Gabi. Tenemos el coche en zona azul.

Como regalo de despedida, le dejo a Cristóbal la lata de Aquarius vacía en la mano. Gabi y yo nos vamos abrazados, muy abrazados, por el pasillo hasta el ascensor. Y mientras esperamos:

—¿Qué sensación decías?

—Esta, la de tiempo detenido. ¿Tú no la tienes?

—La tengo, pero también siento que el tiempo ha empezado a volar y no lo puedo controlar.

—Vamos a casa.

—Sí.

44. Territorio de paso

Nuestra *Calathea* nos espera mustia y sola, en medio del salón a oscuras, como si nos recriminara algo.

—Creo que la hemos matado por abusar del fertilizante, Gabi —y no es una metáfora.

Confiamos en que sus nuevas compañeras le procuren una mejoría. La Primera Internacional de las Plantas de Interior. Una *Spathiphyllum*. Un montón de cóleos, plantas del dinero, amor de hombre. Injertos de la familia de las hiedras. Troncos del Brasil. Una familia de plantas. Del piso de Clarita también me he traído una foto suya. Clarita de joven, antes de tener a su hijo. Clarita ilusionada. Aquí abajo, cerca del antiguo matadero. Estoy segura de que su hijo se deshará de las cajas de fotos y todo lo demás cuando muera Clarita, quizá antes; reformará el piso y contribuirá a la gentrificación de este barrio. Y una parejita parecida a nosotros pedirá un préstamo y se lo comprará.

Sacando unas bolsas de tierra del altillo, me he topado con la maleta que llevamos a Portugal, en cuyo interior sigue el saquito con las cenizas de papá. Lo dejé en la maleta prometiéndome que volveríamos pronto y podría saldar mi deuda funeraria. También me imaginé haciéndolo embarazada, vestida de negro, pero tampoco esta vez se cumplirá mi enésima fantasía.

—Gabi, ¿tú te podrías coger libre este lunes?

—Mmmm... Tendría que ver. Pero sí, ¿por?

—¿Me acompañas a Lisboa?

—¿Hay algún congreso de maternidad subrogada, una experta en chamanismo fértil...?

Le enseño el saquito de las cenizas.

—No hay nada de eso.

—Entiendo...

—Déjame tu móvil, Gabi. Y la *tablet*. Tráete el Clear-blue del baño. Y las tiritas.

Móvil: desinstalar aplicación. *Tablet:* ajustes: desinstalar aplicación. Saco el termómetro del cajón de la mesilla. El cuaderno de las tablas de temperatura basal.

—¡Las gotas de diente de león! ¡Y el ácido fólico!

Metemos todo ello en la maleta. De puntillas, la dejo bien al fondo del altillo.

—¿Tregua? —señalo el altillo.

—¿Estás segura? Cuando volvamos, esto va a seguir aquí...

—Vale, tregua y nuevas decisiones. ¿Vamos a por los Pactos de Lisboa?

—Trato.

—Hasta me apetece volver a hacerlo con condón, fíjate.

—No jodas.

—Ahora me da morbo.

Nuestra cama es de pronto más ligera, más ligera, más ligera. Tan ligera que sale volando por la ventana del balcón, se mete en nuestra vieja Kangoo de segunda mano y enfila por la A-5 dirección Lisboa. Nuestra cama conoce bien el camino. *«Navegar é preciso, viver não é preciso»*, llegaremos conduciendo y cantando a voz en grito, como nos gusta, hasta nuestro destino: ese territorio de paso cuyas escaleras van a dar al mar.

45. Lo que viene después

Blog: ¿Qué se puede esperar cuando (aún no) se está esperando?
Estado: Borrador
Fecha: 3 de marzo, 00:03 a. m.
Autor: Silvia Nanclares.
Título: El tiempo lo cura todo.
Entradilla: Lo que aprendí en un año de búsqueda.

El tiempo lo cura todo. Eso me decían. Ya lo verás. Menos la infertilidad, pensaba yo.

En algún momento de este viaje es preciso describir una elipsis. Un día lanzas un paquete de condones al aire y al tiempo acabas recogiendo un presupuesto para tu tratamiento de fertilidad. Entretanto, lo has probado casi todo: mejoras tu alimentación, dejas de beber, de fumar, de drogarte, acupuntura, fitoterapia, constelaciones familiares, te matas en el gimnasio para dejar de pensar, empiezas a respirar, meditas, pones en práctica la paciencia, haces *asanas* de yoga, le das tiempo al tiempo, te olvidas.
También te has emborrachado algunos días en un afán de estar «de vacaciones» para volver a desintoxicarte luego, has currado de más para estar entretenida, te has obligado a parar, a leer, a ver pelis, a olvidar el calendario como sea, has decidido hablar de ello y escribir para sentirte menos sola.
Pero también has aprendido que los treinta, con su sensación de estar en medio de la vida, en la recta que

siempre va hacia delante, han tocado a su fin. La cinta transportadora del tiempo ha empezado a correr y ha tomado una curva. Desde este recodo puedes ver las decisiones que has ido tomando a lo largo de tu vida, como si del valle de un parque natural se tratara. Hay osos y monstruos escondidos, frustraciones y fracaso. Por ejemplo, desde aquí ves la casa en la que vivías a los treinta y cinco años, edad en la que, sin tú saberlo aún, tu fertilidad empezaba a emprender su cuesta abajo. Dejaste esa casa, saliste de nuevo al valle. Dejaste a tu chico y tu trabajo. Te lanzaste a subir a contracorriente el rocoso mundo de los *free-lance,* a probar suerte con la escritura.

Los novios de tus amigas, de repente, te caían mal. A ellas la crianza les había desbaratado con la fuerza de un rayo rutinas y actividades, mientras que ellos seguían con su vida pública a flote.

Desde entonces hasta ahora, también has visto a un par de amigos absorbidos por la crianza, mientras que tus amigas, pasado el tiempo duro de los primeros tres o cuatro años, se reincorporaron a sus vidas laborales y sociales. A los cuarenta y un años.

Al poco de morir mi padre, un amigo me escribió un correo diciéndome que había soñado que íbamos juntos paseando debajo del mar, charlando como si nada, como si tuviéramos branquias. Es la mejor descripción que puedo dar del duelo. La vida sigue y tú estás bajo el mar, el aire tiene otra densidad y, aunque puedes caminar y trabajar, escuchas y ves de otra manera, estás calada hasta los huesos y la ropa te pesa, por mucho que hayas sido capaz de desarrollar branquias. Según pasan los meses, vas ascendiendo a la superficie, ya puedes tocar a la gente sin mojarla y tus dedos dejan de estar arrugados como garbanzos. Un día te ríes sin querer de nuevo con todas tus fuerzas y te das cuenta de que has recuperado tus pulmones. Y respiras hondo. Al fondo siempre quedará una reminiscencia de los alveolos de tu época de vida de pez, pero ya estás en la orilla, secándote.

Este proceso se le parece. Al principio te empeñas en bucear con todas tus fuerzas, quieres saberlo todo, crees que podrás controlarlo. Aprendes a respirar bajo presión. Y un día sacas la cabeza, y a lo que aprendes es a apechugar. Apechugar, verbo atípico en nuestra generación. Ni siquiera Winona Ryder, el verdadero icono de la Generación X, ha querido tener hijos. Aunque tal vez los esté tratando de tener ahora, es incluso mayor que yo.

Quizá tenga que dejar este blog y bajar a mi cuerpo de una vez. Olvidarme. Desconcentrarme. Dejar de imaginarme como paciente de una clínica de reproducción y aprender a ejercitar la paciencia. Porque no sé si me veo ahí. ¿Cuántos me quedan? ¿Cinco, seis años más? ¿Media década con este nivel de expectativa mientras nos endeudamos hasta las cejas? «Hay que apostar por los sueños», me diréis los más comprometidos.

¿Y si es cuestión de reformular los sueños? ¿Quién sueña mi maternidad? He aprendido muchas cosas en estos doce meses. Una de ellas: no me quedaré preñada hasta que no deje de sentir este terror a no quedarme.

—Piensas demasiado —me parece oír a la doctora Alegre.

—Eso, deja el blog ya y escribe de otras cosas —dicen mis amigas.

—Yo haría todo lo que estuviera en mi mano, desde luego —escucho a mi madre.

—Vamos a ser padres, estoy convencido —es la voz de Gabi, desarmante.

La vida diseñada y controlada como un plan de futuro no existe: me lo enseñó mi padre al irse sin aviso previo. Porque a lo mejor, a lo peor, cuando haya curado el duelo, cuando atraviese este momento irreversible de mi vida, cuando me reconcilie con mi regla, cuando continúe cuidando mi proyecto de pareja, de vida, cuando ame mucho, cuando mantenga un trabajo digno, cuando guarde el semen dentro mucho rato, haciendo el pino, cuando haya cambiado mi manera de alimentarme, cuando haga yoga todos los días, cuando duerma bien, cuando haya pagado por hacerme todos los análisis existentes para cuantificar mi reserva ovárica, cuando nos hayamos endeudado para cubrir varios ciclos de FIV, cuando haya probado la mini-FIV, cuando hayamos crecido, cuando haya cerrado este blog, cuando haya escuchado todas las historias de quedarse y no quedarse, cuando aprenda a no arrepentirme, cuando aceptemos, cuando descartemos la adopción o comencemos los papeles, cuando contemplemos la acogida, cuando me haya reencontrado con mi madre y mis hermanos, cuando atraviese este fuego, entonces quizá, quién sabe, no sea madre. Pero seré otra cosa. Seré alguien que aprendió que el miedo no prepara para nada. Porque no sabemos lo que vendrá después.

Nota de la autora

Esta novela tardó treinta y ocho semanas en gestarse, desde mediados de noviembre de 2015 hasta principios de septiembre de 2016.

Se ha nutrido con ensayos y páginas en torno a la reproducción, la fertilidad y la maternidad que me han acompañado como libros de cabecera en estos meses y cuyos conceptos y tesis han sido muchas veces palanca del proceso de escritura. A saber: *Convertirse en madre,* de Elixabete Imaz; *En tierra fértil. Historia natural de la reproducción humana,* de Peter T. Ellison; *Re-producción del cuerpo femenino,* de Mari Luz Esteban; *Libro de la reproducción asistida para lesbianas y solteras,* de Raquel Cediel; *Las mujeres y los niños primero,* de Ángeles de la Concha y Raquel Osborne (coords.), *Diario de un cuerpo,* de Erika Irusta, y *Fertilidad natural,* de Virginia Ruipérez. Además de multitud de blogs, páginas y entradas en internet, donde además del vértigo de los foros (e incluso dentro de ellos), se aloja un montón de conocimiento compartido y valioso.

El libro no hubiera llegado a término sin un grupo de personas —mención especial a Mónica Carmona y José Medina Mateos— que me han alentado durante estos meses, y tampoco sin aquellas que me han regalado parte de sus historias de vida —gracias especiales a Tania Bueno Albiez, que atravesó el túnel, y a María Fasce, que puso luz en ellas—. A Alberto Conejero, por la iluminación lorquiana. Todas las demás saben quiénes son. Gracias.

Fue escrita entre Madrid, Barcelona, Braojos de la Sierra (Madrid), Matet (Castellón) y Cangas del Narcea

(Asturias), gracias a la generosidad de Clara Piazuelo, Laura Corcuera, la familia Moliner y la familia Pérez-García.

Índice

1. Los hijos de las demás   11
2. Lo que importa   15
3. Me gusta tu vida   18
4. El mensajero   23
5. Las pasitas   26
6. La primera vez   30
7. Cicatrices   34
8. Los vivos y los muertos   38
9. ¿Qué quieres ser de mayor?   41
10. El hogar   46
11. Decisiones reproductivas   49
12. Los Pactos de Donosti   54
13. El tiempo se sale de madre   58
14. Ser o no ser. Dentro y fuera   61
15. El reloj   64
16. Deponer las armas   67
17. Ventana de oportunidad   72
18. No pienses en un embarazo   78
19. La idea de quedarte   83
20. ¿Quién se ha llevado mi libido?   87
21. El cuento de los huevitos Kinder   94

22. Al Jardín de las Delicias 99

23. El día D 105

24. Autobombo 114

25. Paseando por la matriz 119

26. Las otras historias 122

27. Subir la apuesta 125

28. Incertidumbres 128

29. Doble exposición 131

30. Bioquímica es destino 134

31. Comecocos 143

32. Los alimentos terrestres 153

33. Solsticio de juventud 158

34. Construir un nido 161

35. Desclasamiento 166

36. Desenredar el ovillo 170

37. Rebajas de invierno 173

38. Vida en Marte 179

39. Cambios 182

40. Hijos del frío 186

41. Hijas de la Transición 190

42. Las Infecundas, una tragedia griega 195

43. La espera es una forma de vida intensa 202

44. Territorio de paso 207

45. Lo que viene después 209

Nota de la autora 213

Este libro se terminó
de imprimir en
Móstoles, Madrid,
en el mes de
abril de 2017